Scherz Krimi
Spannung mit Niveau

Michael de Larrabeiti

Die Mexico-Connection

Scherz

Bern – München – Wien

Einzig berechtigte Übertragung aus dem Amerikanischen
von Heinz Nagel
Titel des Originals: »The Hollywood Takes«
Schutzumschlag von Heinz Looser
Foto: Thomas Cugini

1. Auflage 1992, ISBN 3-502-51385-6
Copyright © 1988 by Michael de Larrabeiti
Gesamtdeutsche Rechte beim Scherz Verlag Bern und München
Gesamtherstellung: Ebner Ulm

»Ich weiß nur, daß er tot ist«, sagte Ernie, »und ich brauche sofort jemanden, der für ihn einspringt.«

Ich nahm das Telefon und ging damit zum Fenster, um auf die Straße sehen zu können. Es regnete.

»Wie ist er denn ums Leben gekommen?« fragte ich.

»Das weiß ich nicht genau. Die haben es mir gerade erst gesagt. Ich nehme an, daß ihm ein Zehntonner über die Leber gefahren ist.« Ernies Humor war mehr von der harten Art. Ich konnte mir sein Gesicht vorstellen, breit und schwer, kantig und streitlustig, ein Gesicht, das ich oft mit einem Ausdruck triumphierender Unzufriedenheit erlebt hatte. Ernie ist freischaffender Kameramann für Film und Video. Wenn er einen Assistenten braucht, fordert er mich an, nicht weil ich ein besonders guter Assistent bin, das bin ich nämlich nicht, sondern weil es manchmal recht schwierig sein kann, mit Ernie zurechtzukommen. Ich bin ein guter Zuhörer, ich nicke einfach, wenn die Leute reden. Meine Frau ist überzeugt, daß Ernie mich nie einstellen würde, wenn er wüßte, wie wenig Rückgrat ich in Wirklichkeit habe.

»Es geht um zwei Wochen in Los Angeles«, fuhr Ernie fort, »ein paar Szenen für ein Commercial, Matrix Films, es hat etwas mit einem After-shave zu tun, das sich ›Espionage‹ nennt. Gedreht wird mit Deegan, diesem Schauspieler aus der Fernsehserie. Wir reisen in zwei Tagen.«

»David Deegan«, sagte ich. »Yeah, ich weiß, ›Espionage‹. Großartig. Ich war noch nie in den Staaten.«

»Der Produzent heißt Tony, Tony Maretta . . . der Regisseur Alex Boase. Geht das?«

»Zwei Wochen Außenaufnahmen«, antwortete ich.

Meine Frau kam ins Zimmer, das zweite Kind hielt sie auf der Hüfte, unser erstes war gerade in der Schule. Sie lehnte sich gegen den Türstock und lächelte wie Torquemada. Es gibt bestimmte Ausdrücke, die sie haßt: Außenaufnahmen, *re-shoot*, Klappe, Schneideraum und solches Zeug. Sie denkt, ich sonne mich im Widerschein des Ruhms im Filmgeschäft. Ein wenig tu ich das auch, aber das ist nicht meine Schuld. Ich hab nie etwas anderes gemacht.

Ich blätterte in meinem Terminkalender. Die Seiten waren leer. »Was wird bezahlt?«

Ernie lachte. »Mehr, als du normalerweise bekommst, das kannst du mir glauben. Also?«

»Yeah, das geht klar«, sagte ich.

»Gut. Dann gehst du jetzt am besten gleich zu den Büros von Matrix und siehst dir die Ausrüstung an. Wir drehen auf fünfunddreißig Millimeter. Richtig profimäßig. Vergewissere dich, daß alles da ist. Und dann mußt du dich um das Carnet für den Zoll kümmern. Vielleicht hat Rapps das aber auch schon erledigt.«

»Rapps?«

»Das ist der, der ums Leben gekommen ist. Ruf mich an, wenn alles fertig ist, dann sorge ich dafür, daß Matrix alles nach Heathrow schickt. Oh, wenn du schon unterwegs bist, besorg mir bitte ein Dutzend Golfbälle. Das Hotel, in dem wir wohnen, hat einen Golfplatz.«

Ernie legte den Hörer auf, und ich tat das gleiche. »Kalifornien«, sagte ich in Richtung auf die Tür, »zwei Wochen.«

»Das ist gut, wir brauchen das Geld.« Meine Frau wechselte das Kind von der einen Hüfte auf die andere. Ich probierte ein albernes Lächeln, und sie starrte mich an, als wäre ich ein fremdartiges, nutzloses Souvenir, das jemand, den sie nicht mochte, in einem unbekannten Land gekauft und auf unserem Kaminsims hinterlassen hatte. Es war ein Blick, der mich isolierte, mich ganz alleine ließ. Wir mochten einander nicht mehr sehr. An manchen Tagen war schwer zu verstehen, warum wir uns überhaupt die Mühe machten, beisammenzubleiben . . . die Kinder vielleicht.

Draußen knallte ich die Haustür hinter mir zu und atmete einen tiefen Zug Freiheit ein. Es hätte Juli sein sollen, war es aber nicht. Der Regen peitschte mir ins Gesicht wie feiner

Kies, was im Sommer eine Beleidigung ist. Über mir dröhnte ein Flugzeug, das gerade zum Landeanflug auf Heathrow ansetzte. Ich versuchte die Maschine am Himmel auszumachen, doch sie blieb hinter den tiefhängenden Wolken unsichtbar, und ich bekam nur Regen in die Augen.

Ich knöpfte mein Jackett zu, zog den Kopf ein und verließ die Sackgasse, in der ich wohnte. In etwa zehn Jahren würde es hier besser aussehen; jetzt war es einfach eintönig und langweilig, und zu viele der in Terrassen angeordneten Häuser waren lange nicht mehr gestrichen worden, meines leider auch nicht. Ich hatte eines der billigeren in der Nähe des Bahndammes. Mortlake lag zu meiner Rechten und Putney zu meiner Linken. So wie das klingt, hätte es besser sein sollen, als es war, aber einfach alles hätte besser sein können. Mein Haus hätte bezahlt sein können, und die Sonne hätte scheinen können. Und es hätte ein Vergnügen sein können, mit meiner Frau zusammenzuleben.

Am Ende der Straße standen die Autos Stoßstange an Stoßstange und warteten darauf, daß die Schranke hochging, und ihre Scheibenwischer wippten nach rechts und links. Während ich zur Bushaltestelle ging, fuhr ein Zug vorbei in Richtung Clapham Junction und Waterloo. Die Motoren der Autos wurden lauter, die Gänge wurden eingelegt. Hoch über mir setzte ein weiterer Jumbo zum Landeanflug an. Dort oben war alles in Ordnung. Dort oben regnete es nicht, und der Himmel war golden und blau. Dort oben saßen echte Leute in Reihen und tranken geeisten Whisky und kamen von echten Orten zurück. Ich blinzelte die Regentropfen weg. Hier unten war nichts Echtes, überhaupt nichts. Nur weil ich hier lebte, war es noch lange nicht echt. Ganz im Gegenteil. Die Dinge, die ich mir erhoffte, befanden sich sonst woanders, irgendwo hinter dem Regenbogen, an einem Ort, der weit weg von der Welt in Schwarzweiß war und der nur in Technicolor existierte.

Ich erreichte die Bushaltestelle und grinste das halbe Dutzend Individuen an, die dort standen. Nun, jetzt war ich an

der Reihe. Zum Teufel mit der Frau, mit der ich zusammen-
lebte. Zum Teufel mit meinem schütteren Haar und der saft-
losen Haut, und zum Teufel damit, daß ich vierzig war und
zu alt, um Kameraassistent zu sein. Ja, jetzt war ich an der
Reihe. Ich war auf dem Weg ins goldene Anderswo.

Als ich zu den Büros von Matrix kam, war dort nur eine Sekretärin zu sehen, die mit einer Feile, die so lang wie ein Sä-
bel war, ihre Nägel attackierte.
»Die sind alle weg«, sagte sie.
Ich sah zu, wie das Wasser an meinem Regenmantel hinunterrann und auf dem haferflockenfarbenen Teppich Pfützen
erzeugte. Rings um mich standen der Schreibtisch und die
Stühle aus Chromstahl, die Wände waren silbergefleckt. »Ich
weiß«, sagte ich, »ich bin hier, um mir die Geräte anzusehen
und ein Carnet auszufüllen.«
»Oh«, sagte die Sekretärin, »Sie müssen Del sein. Jemand hat
angerufen, daß Sie kommen würden. Sie finden die Sachen
im Kameraraum, unten am Ende des Korridors. War das mit
Phil Rapps nicht schrecklich?«
»Mit wem?«
»Dem Assistenten, der ums Leben gekommen ist.«
»Für ihn ganz sicherlich«, sagte ich, »aber nicht für mich. Ich
brauche die Arbeit.«
Ich brauchte etwa zwei Stunden, um das zu tun, was ich zu
tun hatte. Ich ließ die Kamera laufen, vergewisserte mich,
daß die Stative leicht zu bewegen waren, und inspizierte die
Magazine und Objektive. Am lästigsten war es, das Carnet
auszuschreiben, aber dann war auch das erledigt, und ich
konnte jeden der fünfzehn silbernen Behälter mit Etiketten
versehen, auf denen stand: »Atlantic-Pacific-Airways, Los
Angeles.«
Als ich mit dem letzten Behälter fertig war, öffnete sich die
Tür, und die Sekretärin kam mit einer Tasse Kaffee für mich
herein.
»Danke«, sagte ich. »Wissen Sie darüber Bescheid?«

Ich deutete auf die Tasche, die, wie ich annahm, dem toten Assistenten Rapps gehört hatte. Es war eine runde Segeltuchtasche mit Seitentaschen, so wie Angler sie benutzen. Sie hatte einen kräftigen Trageriemen, so daß man sie sich über die Schultern hängen konnte, und einen runden hölzernen Boden, der vielleicht einen Zoll dick war. Ich hatte fast die gleiche Tasche zu Hause und nahm sie immer mit, wenn ich einen Job hatte. Ich hatte mir die Tasche schon vorher angesehen und festgestellt, daß sie all die Dinge enthielt, die Assistenten gewöhnlich mit sich führen: Klebeband, Schraubenzieher, Taschenlampen, eine Dose mit Preßluft und Blutack.

Dann war da noch eine sehr schön gearbeitete hölzerne Klappe, etwa zwölf mal neun Zoll, die Rapps sich selbst angefertigt haben mußte. Ich hatte bereits eine große Klappe in der Utensilienkiste, aber etwas Kleineres war für Nahaufnahmen immer nützlich.

»Oh, die hat Rapps gehört«, flötete die Sekretärin. »Ich weiß nicht, was ich damit machen soll . . . Er war nicht verheiratet. Ich denke, Sie können sie nehmen.«

Also nahm ich sie und war sehr erfreut darüber. Diese Tasche war viel besser als meine – sie sah zunächst einmal professioneller aus. Und dann war da noch etwas darin, was mich lächeln ließ. Mein Vorgänger mußte schon für Ernie eingekauft haben. In einer der Seitentaschen war nämlich eine Schachtel mit einem Dutzend Golfbälle erster Qualität. Ernie würde mit mir sehr zufrieden sein.

Zwei Tage später traf ich mich um sieben Uhr abends mit Ernie. Ich fand ihn am Schalter von Atlantic-Pacific-Airways, umgeben von den Transportbehältern mit der Ausrüstung. »Das ist gerade hier eingetroffen«, sagte er. »Ich warte auf Nick Fitch. Er hat das Tongerät und die Tickets.«

Nick war für die Tonaufnahmen zuständig. Der Rest der Crew befand sich bereits in Los Angeles, und zwar seit fünf oder sechs Tagen. Ich hatte noch nie mit Nick gearbeitet, doch er war nicht zu übersehen, als er sich durch die Menschenmenge auf uns zuschob. Ihm folgte eine Karrenladung silberfarbener Behälter, geschoben von einem Gepäckträger im grünen Overall.

Nick war ein gutaussehender Mann knapp über Dreißig mit gutem Profil und schütterem Haar, was ihn älter wirken ließ. Er war sehr sorgfältig gekleidet, so daß es wohl leger wirken sollte. Ein hervorragend geschnittenes hellblaues Sportsakko. Designerjeans, weißes Hemd mit hellbraunen Streifen und cremefarbene Lederschuhe. Seine Art zu gehen, irgendwie vorsichtig, und sein leicht nach oben gerichteter Blick ließen mich unwillkürlich an einen rücksichtslosen CIA-Killer denken, der in einem internationalen Film auftritt. In der Tat war Nick bescheiden, scheu und aufrichtig. Ein großer Romantiker, ein Mann, der Frauen brauchte.

»Am besten schaffen wir die ganze Ausrüstung zum Spediteur«, sagte er. »Die können dann den Rest erledigen.«

»Wie viele Stücke sind es denn insgesamt?« fragte der Träger. »Inklusive persönliches Gepäck, aber ohne Handgepäck?«

»Wenn ich meine Tasche noch dazulege, sind es sechsundzwanzig«, sagte ich und gab ihm einen Zehner.

Unser Flugzeug war eine 747 mit etwa dreihundertfünfzig Passagieren. Ich saß am Gang, weil ich Flugangst habe und nicht gern zum Fenster hinaussehe.

»Hast du Angst?« fragte Nick.

Ich nickte. »Ich habe vor allem Angst«, antwortete ich, »aber ganz besonders vor dem Fliegen.«

Ernie ließ seinen Sitzgurt zuschnappen und zog ihn sich so zurecht, daß er fest an seinem massiven Bauch anlag. »Ich mußte einmal einen Flugzeugabsturz filmen für die Nachrichten . . .« Er ließ den Satz in der Luft hängen wie ein Rabe, der nach einem Platz sucht, auf dem er sich niederlassen kann.

»Wie ist denn Los Angeles?« fragte ich.

Bernie lachte. »So verrückt, daß sogar ganz Amerika es für verrückt hält.«

Das Flugzeug war voll und die Sitze zu dicht beisammen. Es waren eine Menge Kinder an Bord, die abwechselnd weinten. Ich schlief und las abwechselnd. Hier und da kamen die Stewardessen mit Essen und Trinken zu uns. Sie hatten auch schon einen müden Blick von der trockenen Luft. Elf Stunden nach dem Start in Heathrow landeten wir um etwa ein Uhr morgens Lokalzeit auf dem Internationalen Flughafen von Los Angeles, und unser gesamtes Gepäck, die Kameraausrüstung ebenso wie unsere persönlichen Habseligkeiten, wurden vom Zoll beschlagnahmt.

»Ich hab's gewußt«, sagte Ernie. »Ich hab's gewußt.«

»Wir brauchen die Geräte«, sagte Ronnie. »Wir sollen morgen filmen.«

Der Mann vom Zoll klebte weitere rote Etiketten auf die silbernen Behälter. »Ich kann Ihnen nicht helfen«, sagte er. »Das ist eine ganze Menge Ausrüstung, und in Hollywood könnten Sie das mit Handkuß verkaufen. Wenn Ihre Firma nicht fünfzehntausend Dollar Pfand hinterlegt, können wir die Sachen nicht ins Land lassen.«

»Aber die persönlichen Sachen, die brauchen Sie doch nicht?«

»Es tut mir leid, aber das müssen wir ebenfalls überprüfen, nur um sicher zu sein.«

Ronnie zuckte. Er war der Manager der Einheit, etwa fünfundzwanzig, klein und hager, mit einem Fuchsgesicht und einem viel zu schnellen Lächeln.

»Meine Gerätetasche ist verschwunden«, sagte ich. »Sag das Atlantic-Pacific. Eine olivgrüne Segeltuchtasche, so wie die Fischer sie benutzen.«

Ronnie nickte, und sein Gesicht zuckte erneut. Er notierte etwas auf seinem Block. »Das fehlt mir gerade noch«, sagte er. »Die ist inzwischen sicherlich schon nach Tahiti unterwegs.«

Draußen in der Dunkelheit wartete ein Minibus, den Ronnie besorgt hatte. »Ich hatte gedacht, den brauchen wir für die Ausrüstung«, meinte er.

Er fuhr so nervös, wie er alles andere auch tat, und der Bus neigte sich an jeder Kurve zur Seite. Ich hielt mich an meinem Fensterrahmen fest und spähte hinaus. Ich war sehr stolz auf mich.

Da war ich jetzt, auf dem San Diego Freeway, sechs Spuren in beiden Richtungen, einem Meer blitzender Lichter, gelb und weiß und rot, ein endloser Zirkus von Fahrzeugen, die auf beiden Seiten vorbeizogen. Die Hunderte von Werbetafeln über und unter uns, während die Straße sich hob und senkte. Farben prallten aufeinander, drängten sich mir auf, und der Geruch von Auspuffgasen und Fabrikschloten stieg mir in die Nase.

Aber am besten von allem war der Anblick der beleuchteten Markierungstafeln, die an mir vorbeirasten, fast zu schnell, als daß man sie lesen konnte: Monterey, Passadena, Long Beach, Studio City, Metro-Goldwyn-Mayer, Santa Monica, Paramount, Beverly Hills, Culver City, San Fernando Valley, Sunset Boulevard.

»Jesus«, sagte ich. »All die Orte, all die Namen. Denk nur . . . ich bin in Hollywood.«

2

»Sunny-side up?« fragte die Bedienung und beugte sich vor und bewegte dabei ihre Brüste wie ein Gewichtheber, der seinen Bizeps erprobt. Sie hatte blondes Haar von einer Farbe, die wie rosa Zuckerguß aussah, und einen riesigen Mund übermalt mit purpurnem Lippenstift. Sie leckte über ihren Bleistift und hob die eine Pobacke etwas an, so daß sie höher als die andere war.

»Grandios«, sagte Ernie, »jetzt machen die seit fünfzig Jahren hier draußen Filme, und alle bilden sich ein, sie spielen morgen bereits eine tragende Rolle in so einem Schinken.«

»Ich nehme Bratkartoffeln mit Speck und Würstchen und Tomaten und zwei Eier mit Toast.«

»Wollnsekaffee?« fragte sie und schrieb und lächelte dabei gleichzeitig über meinen Kopf hinweg. Sie trug einen Minirock mit einem winzigen weißen Schürzchen, das mit einer Sicherheitsnadel daran befestigt war. Ihre Bewegungen waren abrupt, und ihre Augen, die die ganze Zeit von rechts nach links wanderten, beobachteten die anderen Tische, wo ein oder zwei Paare und eine Gruppe von sieben oder acht Männern gerade ihr Mittagessen beendeten. Es war drei Uhr nachmittags, und wir waren gerade aufgestanden.

»Dasselbe für mich«, sagte Ernie.

»Und für mich auch«, rief Nick, der nicht imstande war, den Blick von den Brüsten der Bedienung zu lösen.

Sie ignorierte ihn und drehte den Kopf zur Küche. »Wohnse hier?«

Wir zeigten ihr unsere Zimmerschlüssel, und die Bedienung gähnte und schnappte uns die Speisekarten weg wie eine Lehrerin, die pornographische Literatur konfisziert, und marschierte dann auf kräftigen Beinen wie ein Soldat davon.

Wir drei saßen im Restaurant des Treetops Hotel, irgendwo im Norden von Los Angeles. Es war geräumig und dunkel und kühl. Draußen, hinter einer riesengroßen Glasscheibe, brannte die Sonne auf eine Parklandschaft, die von Fichten und Eukalyptusbäumen beschattet wurde. Die sorgfältig gestutzten Rasenstücke wurden durch Fernsteuerung bewässert, und die Blumenbeete wurden von schweigenden Mexikanern gehegt, die mit dauergerunzelter Stirn irgendwelche geheimen Gedanken zu denken schienen. Die braunen und grauen Eichhörnchen, die unbeschwert überall herumrannten, beobachteten sie bei der Arbeit. Am Eingang zu unserem Restaurant gab es einen kleinen Parkplatz für Neuankömmlinge, und entlang der Parkfläche verlief der andere Flügel des Gebäudes, in dem wir saßen, mit dem Empfangsbüro und der Direktion.

Die eigentliche Unterkunft befand sich in etwa zwanzig Ziegelpavillons mit Schindeldächern, die in größerem Abstand zueinander halb versteckt zwischen Bäumen und Büschen standen. Jeder Pavillon hatte zwölf Räume, sechs im Erdgeschoß und sechs darüber. Die Räume im Obergeschoß hatten Balkone, die unteren eine Terrasse mit einer Schiebetür nach draußen.

Ich hatte ein Zimmer im Erdgeschoß von Pavillon Nummer sieben. Es war großzügig und sauber und mit nachgemachten Antiquitäten möbliert. Außerdem verfügte das Bad über frischverpackte Seife, Trinkgläser, über deren Öffnung Folie klebte, und einen Toilettensitz, der jeden Morgen desinfiziert wurde.

Damit nicht genug, gab es auch noch zwei Swimmingpools. Tennisplätze und ein behagliches Clubhaus für die Hunderte von Golfspielern, die Treetops besuchten, um sich dort an den Freuden von achtzehn Löchern zu delektieren. Man hatte mich in wahrhaft luxuriöse Umgebung versetzt, an einen Ort, den Spitzenleute aus Hollywood tagaus, tagein frequentierten, und ich fand gleich Gefallen daran.

Nach einer Weile erschien ein mexikanischer Kellner mit unserem Frühstück und schenkte uns Kaffee ein. Während wir aßen, bemerkte ich, daß die Gruppe auf der anderen Seite des Raumes uns ungewöhnlich interessiert beobachtete. Dann schob der Mann, der an der Spitze ihres Tisches saß, seinen Stuhl zurück und ging locker und entspannt durch das Restaurant.

Er kam auf uns zu, als wäre er von dem Augenblick an, wo Gott Adams Finger berührt hatte, dazu bestimmt gewesen, und sein Lächeln war fest und architektonisch, während er näher rückte. Es war, als gäbe es nichts, was er nicht tun konnte, als würde jedes seiner Worte in dem Augenblick, wo er es von sich gab, Gesetz. Er sah gut aus und war groß, und wenn man ihn erst einmal angesehen hatte, fiel es schwer, den Blick auf etwas oder jemand anderen zu richten.

Er kam geradewegs auf unseren Tisch zu und beugte sich herunter, die großen Hände auf der Tischdecke, die Arme starr. Sein Haar war dicht und wie aus einem Stück gemacht, schwarz, und es fing an, an den Seiten silbern zu werden. Seine Augen waren glänzende graue Steine.

»Ich mußte zu Ihnen kommen und mich vorstellen«, sagte er; seine Stimme war warm und klang im Augenblick geradezu gutartig. »Ich bin Reverend J. Turrill.« Er sah uns der Reihe nach an, als erwarte er, daß einer von uns dazu etwas sagte. Aber das tat keiner. Ich starrte den Anzug des Reverends an. Er war hellblau und sichtlich aus sehr teurem Material und nach Maß geschneidert. Seine Armbanduhr war aus Gold und mehr wert, als ich in zwei Jahren verdienen konnte, vielleicht auch in drei. Seine Fingernägel waren sauber und poliert.

Endlich nickte Ernie und hob seine Kaffeetasse. Ernie verläßt London ungern, aber wenn er es einmal getan hat, redet er mit jedem und fürchtet sich nicht davor, auch mit dem Fremdesten der Fremden ein Gespräch zu führen.

Der Reverend legte eine Visitenkarte auf den Tisch, so als spielte er das As in einem Royal Flush aus; als hätte das für uns etwas sehr Wichtiges bedeuten müssen. Die Karte war hellbraun und in Dunkelbraun bedruckt. Ich beugte mich vor und las:

> THE REVEREND J. TURRILL
> *Von der Kirche zum Willen Gottes*
> *Versöhnet Euch mit Gott*
> *Alle, die Ihr einsam und kranken Herzens seid,*
> *kommet zu uns*

»Verkaufen Sie etwa den *Wachtturm* oder so etwas?« fragte Ernie.

Der Reverend ließ sich in einen Stuhl sinken und schnurrte.

»Ich verkaufe Ihnen nichts«, sagte er. »Im Gegenteil, ich habe das größte Geschenk auf Gottes Erden, und ich verschenke es – das Wissen des Herrn. Woher kommen Sie?«

»Potters' Bar«, sagte Ernie.

»Das bedeutet London«, ergänzte Nick.

»Wunderbar«, antwortete der Reverend. Jetzt wandte er sich mir zu, als ob ich vielleicht etwas ganz Besonderes zu sagen hätte. »Und was machen Sie hier?«

»Wir drehen ein paar Szenen für Fernsehspots im britischen Fernsehen.«

»Das habe ich mir gedacht«, meinte der Reverend. »Hier draußen geht es immer um Film oder Immobilien oder Autos. Sie sehen wie Filmleute aus.« Er inspizierte mich erneut. »Was machen Sie?«

»Kameraassistent«, sagte ich und schenkte mir Kaffee nach.

»Er ist nur hier, weil jemand anderer ums Leben gekommen ist«, sagte Ernie. »Hat's wahrscheinlich selbst getan, um den Job zu kriegen.«

»Oh, wirklich«, sagte der Reverend. Er musterte mich jetzt noch eindringlicher, und das gefiel mir nicht. Es war, als wäre die falsche Person noch am Leben. »Dann muß es doch eine Nachricht geben.«

»Nachricht?«

»Sie meinen von der anderen Seite?« lachte Ernie, dem es sichtlich Freude bereitete, daß Los Angeles seinem Ruf gerecht wurde, verrückte Bewohner zu haben. Er füllte eine saubere Tasse mit Kaffee und stellte sie vor unseren Gast. »Es hat keinen Sinn, wenn Sie versuchen, uns zu bekehren. Wir fahren in zwei Wochen wieder nach Hause zurück.«

Der Reverend hob seine Tasse und nahm einen Schluck, wobei seine großen steinernen Augen mich immer noch fixierten. »Ich weiß alles über Sie«, sagte er, »und ich weiß, weshalb Sie hier sind. Sie werden Schutz brauchen. Hier endet die gelbe Ziegelstraße. Das ist ein gefährlicher Ort.«

Ich nickte weise und wünschte mir, daß der Mann jetzt gehen würde. Er war unheimlich. Ich schauderte und sah zu Ernie und Nick hinüber, aber die lächelten nur und schienen an dem ganzen Vorgang Spaß zu haben.

»Ich brauche Ihre Botschaft«, sagte der Reverend. »Ich trage eine schwere Verantwortung meiner Kirche und den Leuten gegenüber, die ihr angehören. Es gibt hier Hunderttausende von Einsamen, von Verdammten. Es ist meine Pflicht, jene zu finden, deren Namen der Herr in das Buch der Erlösten geschrieben hat.«

»Ich wünschte, der Herr würde unsere Ausrüstung aus dem Zoll schaffen«, bemerkte Nick.

»Ihre Geräte werden Ihnen heute abend ausgehändigt werden.«

»Nun, wenn es dazu kommt«, sagte Ernie, »trete ich selbst Ihrer Kirche bei.«

»Sie sind nicht der, den ich haben will. Ich kenne alle Gesichter.«

»Gesichter?«

»Ja, die Gesichter der Leute, die ich gerettet habe, und jener, die ich retten werde.«

Mit einiger Mühe bewegte ich den Kopf und sah durch das Restaurantfenster hinaus auf die Terrasse und den Park aus Rasen und Bäumen.

»Sind von diesen Gesichtern welche hier?« fragte Nick.

Der Reverend sah ihn an. »Gerettete, nein«, sagte er. In seiner Stimme klang jetzt Leidenschaft mit, und Nick wurde unwillkürlich ein wenig blaß.

»Verdammte?«

»O ja«, sagte der Reverend und rollte die Augen in einem langsamen Bogen herum wie eine geladene Kanone, bis sie auf mich zielten. »Seines«, sagte er, und Ernie lachte schrill. »Wenn er nicht tut, was Gott ihm auferlegt hat, wird er sterben.«

Mein Magen schrumpfte zu einem Knopf zusammen, und der Sonnenschein draußen waberte und wurde kalt. Jemand tanzte auf meinem Grab.

Nick wurde rot. »Du liebe Güte«, sagte er.

Der Reverend erhob sich von seinem Sitz wie eine mächtige Welle am Ende der Welt, und sein Antlitz strahlte wie ein Halleluja. »Ich habe euch das Wort gebracht«, sagte er. »Gehorcht ihm.«

Damit wandte er sein glückstrahlendes Gesicht ab, und seine sechs oder sieben Anhänger, die alle genauso eindrucksvoll wie ihr Anführer gebaut waren, verließen ihren Tisch und begrüßten ihn mit liebevollem Lächeln. Dann ging die Gruppe aus dem Restaurant, und draußen hielt eine riesige Limousine, schwarz und doppelt so lang wie jedes gewöhnliche Automobil, an der Treppe des Empfangs.

Wir sahen zu und warteten, und im nächsten Augenblick gingen der Reverend und seine Männer die Stufen hinunter, sie stiegen ein, verschwanden hinter den undurchsichtigen Fenstern des Wagens, der wie von Geisterhand gesteuert langsam losfuhr.

»Jesus«, sagte Nick, »das muß eine Kirche sein, die sich solche Limousinen leisten kann.«

»Seht ihr, hier ist alles so, wie ich es prophezeit habe«, tönte Ernie triumphierend, als hätte er gerade selbst Kalifornien erfunden, »hier wimmelt es von Spinnern.«

Ich sagte nichts. Der Reverend hatte mich ganz schön geängstigt. Zum erstenmal in meinem Leben hatte ich das Gefühl, dem Untergang geweiht zu sein.

3

Tony Maretta, der Produzent, fand Ernie und mich an diesem Abend in der Bar. Er kam auf uns zu und baute sich mit dem Selbstbewußtsein eines Unsterblichen vor uns auf.

»Ronnie ist gerade mit der Ausrüstung zurückgekommen«, sagte er. »Es ist alles da, aber man hat alles gründlich durchsucht, das persönliche Gepäck ebenfalls. Komisch. Nehmt ihr einen Drink?«

»Weißwein«, sagte ich, »halbtrocken.«

Maretta war jung, vielleicht achtundzwanzig oder neunundzwanzig, fünf Fuß, bestimmt ein Meter fünfundachtzig und mit Beinen, die für seinen langen Oberkörper zu kurz waren. Sein dickes schwarzes Haar bedeckte sein Haupt in kleinen Löckchen wie eine Kappe. Er hatte blasse Augen, sein Gesicht war rund und hatte Konturen, die sich je nach seiner Stimmung veränderten. Vom ersten Augenblick an war er mir unsympathisch.

Die Getränke kamen, und er lächelte. Die reichliche Woche, die Tony Maretta bereits am Aufnahmeort verbringen durfte, hatte ihm eine gleichmäßige kalifornische Bräune und eine lockere amerikanische Leutseligkeit verliehen. Er ließ seine weißen Manschetten aus den Ärmeln seines rehbraunen Baumwollanzugs blitzen, und er sah mich an und lockerte seinen Gesichtsausdruck mit einem sorglosen Mitleid auf, das junge gutaussehende Leute alten häßlichen Zeitgenossen zuteil werden lassen.

»Wir drehen morgen in Newport Beach«, sagte er. »Ich habe für einige Tage ein paar große Pavillons gemietet.«

Ich leerte mein Glas. »Ich geh mir besser die Ausrüstung ansehen«, sagte ich, »und dann will ich meine Klamotten aufhängen.«

Ernie stand bis zu den Knien im Pazifischen Ozean und hielt die Kamera auf der Schulter außer Reichweite der Wellen, die hier und da bis zu seinen Oberschenkeln reichten. Ich stand neben ihm, und Nick stand hinter uns auf dem Sand. Wir waren alle mit Badehosen und Baseballmützen bekleidet. Ernie war gerade dabei, einen Witz zu Ende zu erzählen.

». . . und dann sagte die Gräfin, ›Und daß du mir ja nicht schreist, wenn du meinen Dingsbums erreichst. Ich bin nämlich in Wirklichkeit der scharlachrote Pimpernell, nur verkleidet.‹«

Eine Welle schlug an uns hoch bis zu den Hüften. Ich blickte über das Wasser zu der Stelle, wo Deegan sein Surfbrett von uns abwendete. Der Tag ging zu Ende, und er hatte genug. Wir hatten seit dem frühen Morgen gefilmt, und Deegan besaß nicht die geringste Begabung für Wassersport.

Ich watete aus dem Wasser und hielt meine Beine in die Sonne. Der Pazifik war kalt, und meine Füße waren inzwischen völlig gefühllos. Zehn Meter weiter oben am Strand lag eine Frau auf einer Liege, eine Schauspielerin namens Millie, die uns eine Agentur für die letzten Aufnahmen des Tages geschickt hatte; den Après-Ski, das Luxusleben, das Dinner bei Kerzenschein auf der Veranda des Hauses in Malibu, all die Dinge, die Espionage, das magische After-shave, bewirkt.

Ich stieß Espionage über einen Felsvorsprung meines Bewußtseins, vergaß es und betrachtete statt dessen Millies Körper. Sie lag in Habachthaltung da und starrte hinter Sonnengläsern von der Größe zweier Suppenteller in den Himmel, und ihre gewaltigen Brüste waren unter ihrem eigenen Gewicht eingesunken und gestrandet.

In der Ferne erkletterte Deegan sein Surfbrett. Alex erwachte zum Leben und rief, »Umdrehen«, ich ging ins Wasser und stellte mich neben Ernie. Diesmal fiel Deegan nicht hinunter, und die Aufnahme klappte.

»Ich hab genug«, sagte Ernie. »Ich könnt dichtmachen.«

»Dem Himmel sei Dank«, meinte Alex und stürzte sich ins Wasser, als wollte er Selbstmord begehen.

Deegan erreichte den Strand. Er sah müde aus. »Ich hab genug vom Pazifik«, sagte er und setzte sich auf einen weißen Segeltuchstuhl unter einem bunten Sonnenschirm. Der Regenbogen, der über seinen Körper fiel, ließ ihn wie eine tropische Pflanze erscheinen.

Millie hob den Kopf und hielt sich die Hand über die Augen. Sie lächelte Deegan zu, für eine ganze Tagesgage, und senkte den Kopf dann wieder auf ihr Kissen. Ich beobachtete Deegan, wie er das Lächeln einsammelte, als stünde es ihm zu, und wie er dann die *Los Angeles Times* aufhob.

Deegan war jetzt berühmt, aber früher hatte er es nicht leicht gehabt. Er hatte zehn Jahre lang in einer Stahlfabrik gearbeitet, nachdem er die Schule verließ, hatte er an den Wochenenden mit einer kleinen Rockgruppe, die er aufgebaut hatte, in Gaststätten gesungen. Schließlich wurde er von dem Mann entdeckt, der später sein Manager war, Barry Keeling, und nach nur wenigen Auftritten im Fernsehen hatte man ihn dazu auserwählt, die tragende Rolle in einer nagelneuen Serie über den britischen Geheimdienst zu spielen, deren Held ein Nachtclubsänger war und die natürlich »Espionage« hieß. Das war jetzt drei oder vier Jahre her, und Deegan war sofort sehr erfolgreich. Er hatte die Themamelodie zu »Espionage« geschrieben, und diese Nebeneinnahmen waren enorm. Jetzt gab es das After-shave und ein Deodorant. Ich betrachtete unseren Star mit tiefsitzendem Neid. Erst dreißig und schon Millionär.

Ernie gab mir die Kamera. »Bring das weg«, sagte er. »Wir machen jetzt keine Außenaufnahmen mehr, das Licht ist weg.«

Tony hielt sich beide Hände an den Mund und schrie zu einem der Pavillons hinauf, wo Ronnie es sich auf der Terrasse gutgehen ließ. »Drinks!« schrie er, und Ronnie verschwand durch die Glasschiebetür.

Ein Frisbee schoß heran und blieb über uns in der Luft stehen wie eine Schwalbe auf dem Heimflug. So weit mein Auge nach beiden Richtungen reichte, erstreckte sich eine Reihe von Ferienhäusern, und ungefähr alle fünfhundert Meter war am Strand eine auf Stelzen gebaute Hütte eines Lebensretters zu sehen. Vom höchsten Punkt jeder Hütte aus beobachteten diese Lebensretter, bronzeverbrannt wie Souveniraschenbecher, das Meer. Nach einer Weile kam Ronnie mit einer großen Kühltasche aus dem Haus, und wir saßen im Sand und tranken Coca-Cola, während die Sonne unterging.

Millie hatte sich umgezogen, sie trug jetzt ein Kleid, das vorne bis zum Nabel geöffnet war, und der Abend saß ebenso locker auf ihr wie vorher der Tag. Ihr Haar war perfekt, und ihre mit scharlachrotem Lippenstift bemalten Lippen waren feucht. Deegan hatte sich ebenfalls umgezogen und war jetzt so gekleidet wie in seiner Serie – weiße Smokingjacke, rote Fliege.

Die Aufnahmen auf der Porch liefen gut, mit Dämmerlicht und Kerzen. Millie lehnte sich an Deegan, legte ihren Körper förmlich in ihre Augen.

»Ah«, sagte Ernie aus einem tiefen Schweigen heraus, »wenn Belanglosigkeit ein ebenso wirksames Aphrodisiakum wie der Ruhm wäre, dann würden wir heute nacht alle zwischen goldenen Schenkeln liegen.«

Später saßen wir oben im großen Wohnzimmer, dessen Fenster zur Veranda offenstanden, an einem langen Tisch, und ein Mädchen namens Angela brachte uns das Essen aus dem nächsten China-Restaurant.

»Ronnie hat das Mädchen eingestellt«, sagte Nick, »für die Standfotos.«

Angela war ebenso groß und vollbusig wie Millie, aber mehr der natürliche Typ. Ihr blondes Haar war von der Sonne fast weiß gebleicht, und sie trug keinerlei Make-up. Sie brauchte auch keines. Sie hatte Jeans an, ein Hemd und Mokassins. Sie war die Art von Frau, die Männer wie mich nicht einmal zur Kenntnis nahm. Wenn ich mich auf Zehenspitzen stellte, würde ich sie vielleicht aufs Knie küssen können.

Nick verliebte sich schon in dem Augenblick in sie, als er sie zum erstenmal zu Gesicht bekam, sie bemerkte ihn jedoch ebenfalls nicht. Sie dachte die meiste Zeit an etwas oder an jemand anderen, das war daran zu merken, wie sie manchmal das Gesicht verzog und sich auf die Lippen biß.

Nach dem Essen brachte sie die Teller weg, und Ronnie öffnete ein paar Flaschen kalifornischen Champagner. Millie legte den Kopf in Deegans Schoß, und er sang ihr halblaut etwas vor.

Ich ging mit Nick auf die Veranda hinaus, beide mit vollen Gläsern. Draußen im Dunkeln starrte ich in den Himmel; die Sterne waren so nahe, daß man sie berühren konnte. Unter mir brachen sich die Wellen am Ufer, und einen Augenblick lang war es zu perfekt, zu unwirklich, so als spielten wir in einem Film, in dem ich zugleich Darsteller und Zuschauer war.

»Zu gut, um wahr zu sein«, bemerkte ich, »nicht wahr?«

»O nein, das ist es nicht.« Angela war hinter mich getreten. »Das ist schon wirklich so. Ich komme aus einem Ort, der sich Waterlooville nennt. Das ist Iowa. Iowa ist ein Maisfeld, das tausend Meilen lang ist. Im Sommer ist es dort so heiß, daß man hören kann, wie der Boden springt. Das hier ist wirklich. Ich sag's euch, es ist wirklich.«

Angela sagte das mit solcher Wildheit, daß ich ins Zimmer zurückging. Und das war der Augenblick, in dem die vier Mexikaner auftauchten. Wenigstens sahen sie für mich wie Mexikaner aus, nur daß sie größer als die Kellner im Hotel waren und leise und so wirkten, als wüßten sie, was sie taten. Ich glaube, ich war der erste von uns, der sie bemerkte, und ich fragte mich, was sie in diesem Haus verloren hatten, besonders weil sie alle Revolver trugen. War das Haus etwa doppelt vermietet worden?

Allmählich wurde es still im Raum, und im Erdgeschoß waren ein paar Schreie zu hören. Eine Tür knallte zu. Ich schluckte. Was war das für ein Land? Vielleicht hatte Ernie recht, und die ganze Bevölkerung hier bildete sich ein, einen größeren Film zu drehen.

Der größte der Mexikaner bewegte sich auf Tony zu; die anderen bauten sich in der Küche und auf der Treppe auf. »Ihr Gepäck«, sagte der Große zu Tony. »Und die Ausrüstung.« Er brauchte nicht zu fragen, wer hier das Sagen hatte.

Tony versuchte aufzustehen, aber er saß ganz tief in einem Armsessel, und ehe er sich erheben konnte, hatte ihn der Mexikaner mit dem Fuß wieder zurückgestoßen.

»Wer zum Teufel sind Sie überhaupt?« fragte Tony. Er war ärgerlich, hatte aber keine Angst.

»Baeza«, antwortete der Mexikaner.

»Die Ausrüstung ist im Nebenzimmer«, sagte ich. »Das Gepäck ist in den Schlafzimmern.«

Baeza sagte etwas in spanisch, und einer seiner Begleiter rief nach unten, und zwei weitere Männer erschienen und gingen ins Zimmer nebenan.

»Was zum Teufel machen Sie hier?« sagte Tony. Er war es nicht gewohnt, herumgeschubst zu werden. Sein Leben war nicht wie das meine gewesen.

»Ich suche etwas«, sagte Baeza, »und wenn Sie versuchen, mich daran zu hindern, wird man Ihnen weh tun.« Baeza schien Tony Maretta vom ersten Augenblick an nicht zu mögen, aber das ging den meisten Leuten so.

»Wir haben nichts, was Ihnen gehört«, sagte Alex ganz leise. Er saß an der Küchenbar, hinter ihm stand ein Mexikaner mit einem Revolver.

»Ich habe nicht gesagt, daß es mir gehört«, meinte Baeza. »Ich will es nur haben und denke, daß einer von Ihnen es vielleicht haben könnte.«

Ich schauderte und war froh, nichts zu wissen.

»Sie sind im falschen Haus«, versetzte Tony. »Wir sind gerade erst aus England eingetroffen.«

Baeza lächelte. »Ich weiß, wo Sie herkommen«, sagte er, »und ich weiß, was ich will. Einer von Ihnen ist deswegen bereits gestorben. Wir fürchten uns nicht, es noch einmal zu tun.«

Aus dem Zimmer nebenan waren Geräusche zu hören, denen zu entnehmen war, daß dort eine ziemlich hastige Suche vor sich ging, indem man unsere Behälter umkippte und das, was sich in ihnen befand, auf den Boden warf. Nach einer Weile kam einer der Mexikaner mit ein paar Filmschachteln durch die Tür und leerte sie aus. Ernie sah mich fragend an, aber ich schüttelte den Kopf. Ich hatte die heutige Ausbeute bereits entladen und sie mit einem Taxi ins Labor geschickt.

Als die Mexikaner mit der Ausrüstung fertig waren, machten sie sich über unser Gepäck her, und als sie das, was sie suchten, immer noch nicht gefunden hatten, nahmen sie sich uns vor. Ihre Finger tasteten unsere Kleidung ab und durchsuchten unsere Taschen. Die meisten von uns trugen immer noch Shorts und T-Shirts, so daß die Durchsuchung nicht lange dauerte; nur bei den beiden Frauen dauerte es etwas länger.

»Mist!« sagte Millie, als sie mit ihr fertig waren. »Das ist in dieser Stadt immer dasselbe. Wenn es nicht Agenten oder Produzenten sind, dann sind es diese Scheißer. Die wollen einem immer den Arsch begrapschen.«

Dann begannen die Mexikaner, sich aus dem Raum zu entfernen, bis Baeza stehenblieb, immer noch die Waffe in der Hand. »Sie werden mich wiedersehen«, warnte er.

»Sagen Sie uns, was Sie wollen«, erwiderte Alex, »Herrgott noch mal.«

»Einer von Ihnen weiß es«, erwiderte Baeza, »und das nächste Mal werden wir wissen, wer das ist. Und dann wird es für Sie nicht mehr so einfach sein.« Damit drehte er sich um und rannte die Treppe hinunter.

Bei uns herrschte Schweigen, während wir die Wagen wegfahren hörten, und in dieses Schweigen hinein schickte Deegan seine Stimme, setzte das Lied fort, das er vorher Millie ins Ohr gesungen hatte.

Ich hatte ihn noch nie zuvor singen hören, nur in einer seiner Serien, und es klang klar und kräftig. Er sang eine Ballade von einem jungen Mädchen, das sich für ihren Hochzeitstag anzieht, wie schön sie sich fühlt, als sie nackt vor dem Spiegel steht, und wie wunderbar sie sich jetzt angezogen fühlte. Es war ein tapferes Lied, in dem sie sich auf die unbekannten Jahre freute, sie herausforderte, doch zu kommen und ihr Schlimmstes zu tun. Es war ein Lied, das ich nie hätte singen können. Deegan wollte die Jahre; ich hatte Angst vor ihnen.

Aber das Lied schickte unsere Scham und unsere Angst weg. Als es vorbei war, applaudierten wir alle, und Ronnie machte ein paar Flaschen Champagner auf und füllte unsere Gläser. Wir brachten einen Toast auf uns selbst aus, und Millies Augen leuchteten, und sie küßte Deegan auf den

Mund. Sie gehörte ihm, so lang er sie haben wollte, das war so sicher wie draußen die dunklen Wellen des Pazifiks, die nur ein oder zwei Meter vor dem Fenster ans Ufer klatschten.

Ich schlief schlecht. Die ganze Nacht hatte ein schwerer Sack voll Träume auf meiner Brust gelegen und mir keine Erleichterung, sondern Bedrückung verschafft. Früh, für mich sehr früh, verließ ich mein Bett und kroch aus dem Haus, ertastete mir meinen Weg durch die kläglichen Überreste unseres Abends, stahl mich über den leeren, randlosen Strand.
Dann erst erwachte ich wirklich. Der kühle, graue Raum überflutete mich und ließ mich erschaudern. Die Luft war feucht und immer noch mit Dunkelheit erfüllt. Ich sog sie in meine Lungen und erwärmte sie. Weit draußen auf dem unbewegten Metall der See lag ein einsamer Kopf auf dem Wasser, das kaum von einer einzelnen Welle gestört wurde. Ein dünner Nebel hing masthoch wie ein Fluch am Horizont. Ich ging langsam, trat den lockeren Sand mit nackten Füßen. Auf halbem Weg zum Wasser sank ich bis zu den Waden ein. Ich fühlte mich unermeßlich traurig, und der einsame Schwimmer in seiner Zufriedenheit steigerte meine Melancholie noch.
Der Kreis aus Erde und Wasser, den ich sehen konnte, war leer; kein Schiff, kein Wagen. Der Himmel war so massiv wie Blei und von derselben Farbe. Ich konnte die Last von dreitausend Meilen auf meinem Rücken spüren und dahinter noch einmal weitere dreitausend.
Der Schwimmer hatte sich nicht bewegt. Ich fröstelte erneut und schlüpfte in den Pullover, den ich mitgenommen hatte. Im Bett liegend hatte ich an Schwimmen gedacht, aber dort war mir warm gewesen. Hier draußen in der Kälte fehlte mir der Mut des Mannes dort im Wasser, und ich blieb an Land.
Diese Feigheit in mir schlug einen Akkord des Selbstmitleids an. Das Filmgeschäft war schlecht für mich; ungesund, sagte meine Frau. Es zwang mich, mit Leuten mit Talent und Geld zusammenzukommen. Die David Deegans und die Tony

Marettas waren auf dem Mond gewesen und wieder zurückgekommen, aber ich würde es nie auch nur bis zur Fluchtgeschwindigkeit bringen.

Die Deegans und die Marettas besaßen all die Dinge, die ich zu verabscheuen vorgab. Sie hatten einen Zaubertrank getrunken, ein Gebräu aus Vorteil, Erfahrung, Glück und Geld, und dieser Trank verlieh jenen, die ihn tranken, den Glanz eines griechischen Gottes. Und die Hauptzutat des Rezepts war Geld.

Aus der unbewegten Furche der grauen See hob sich ein Arm und dann noch einer, ein Gesicht drehte sich, und eine Pfeilspitze einer Welle kam auf mich zu. Als der Schwimmer näher kam, sah ich, daß es Deegan war. Er schritt aus dem Wasser, dunkel triefend vor dem Nebel. Er hob sein Handtuch auf und lächelte. Er sah wie neu aus, wiedergeboren, und in seinem Haar leuchteten helle Tropfen, sein Fleisch strahlte zufrieden von seinen Freuden. Er setzte sich neben mich und lächelte wieder, mit perfekten Zähnen.

»Gestern nacht sind Funken aus meinem Hintern geflogen, Del«, sagte er. »Das war, als würde ich über ein elektrisches Treppengeländer rutschen. Millie ist ein Juwel – das Streben nach Glück und Professionalität haben sich in ihr vereint und sie zum lebendiggewordenen amerikanischen Traum gemacht.«

»Ja«, antwortete ich, »und was ist mit diesen Mexikanern? Die haben mir solche Angst gemacht, daß ich fast in die Hosen geschissen hätte.«

»Ich weiß nicht«, antwortete Deegan. Er senkte den Kopf und rieb sich das Haar. Der Nebel segelte in den Himmel wie ein befreiter Ballon. Die See zuckte die Achseln und warf dabei ein oder zwei Wellen ab. »Millie dachte, sie hätten uns vielleicht mit jemand anderem verwechselt. Typen, die etwas für sie parat hatten, Rauschgift vielleicht.«

Aus dem Haus hallte ein Ruf zu uns herüber. Wir drehten uns um und sahen Ronnie auf der Veranda. Er winkte. »Frühstück!« schrie er. »Die Yacht wird gleich hier sein.«

»Diese Aufnahmen auf dem Boot, wie?« Deegan stand auf und drapierte sich das Handtuch um die Schultern. Wir blickten nach Norden in Richtung auf Long Beach, wo sich über den petrochemischen Anlagen eine braune Wolke bildete.

»Wir müssen noch die Aufnahme bei Sonnenuntergang machen«, sagte ich, »aber es gibt hier gute Sonnenuntergänge, wunderbare Farben.«

»Ja«, sagte Deegan, »das macht die Umweltverschmutzung.« Er schickte sich an zu gehen, und ich folgte ihm, ging auf das Haus zu, wo die anderen, die meisten jedenfalls, auf der Veranda standen und uns entgegensahen.

4

Wir verließen Newport Beach zwei Tage später am späten Nachmittag und fuhren nach Norden zum Treetops Hotel. Unterwegs machten wir halt, um zu Mittag zu essen. Nach dem Essen nahmen Ernie und ich den Stationswagen und fuhren weiter. Die anderen wollten abends noch ein bißchen schwofen und gingen in eine Disco, die Millie kannte.

Es war beinahe Mitternacht, als Ernie und ich in dem lautlosen Parkland des Treetops aus dem Wagen stiegen. Wir unterhielten uns eine Weile, zögerten, ehe wir unsere Zimmer aufsuchten.

»Ach was, wir arbeiten morgen nicht«, meinte Ernie schließlich. »Nehmen wir noch einen Schluck.«

Ich pflichtete ihm bei, ohne Antwort zu geben, und folgte ihm in die Empfangshalle, wo es einen Automaten für kalte Getränke und Eis gab. Wir schoben Münzen in einen Schlitz und schlenderten dann, jeder mit einer Dose Bier in der Hand, von den Lichtern weg zu einem Platz zwischen den Bäumen und Büschen, wo ein paar Gartenmöbel standen. Wieder wurde der Nachthimmel vom Gewicht seiner Sterne heruntergezogen, aber jetzt lag in der Dunkelheit etwas Drohendes. Als wir uns umsahen, zu den Lichtern am Eingang, ging eine Wagentür auf, und die Silhouette einer Frau wurde sichtbar. Sie schloß leise die Tür und kam schließlich auf uns zu; ihre Füße bewegten sich lautlos auf dem dunklen Gras, ihre Schuhe baumelten in ihrer rechten Hand.

Sie setzte sich an unseren Tisch, ohne dazu aufgefordert worden zu sein, und schlug die Beine übereinander. Das Licht kam von hinten, und so fiel es schwer, ihr Gesicht zu sehen. Sie schien jung, Anfang Zwanzig, und ihr glattes Haar war ein oder zwei Zoll über ihren Schultern abgeschnitten. Ihr Kleid lag eng an ihrem Körper und reichte bis zu ihren Knien. Ihre Beine waren nackt, und ihr Deodorant ließ sie wie eine gerade geöffnete Parlinenschachtel duften.

»Hallo«, sagte Ernie.

»Sind Sie auf Urlaub hier?« fragte sie.

»Nein.«

»Zum Golfspielen?«

»Ich wünschte, ich könnte es. Mein Freund hat die Golfbälle verloren.«

»Wir filmen«, sagte ich.

»Oh, etwas, das ich vielleicht kenne?«

»Wir machen Hintergrundaufnahmen für ein Commercial. Ein After-shave, es heißt Espionage.«

»Wo kommen Sie her?«

»London.«

»Ich war in Europa«, sagte das Mädchen, als wäre der Kontinent eine Isolierstation. Ihre Augen leuchteten in der Dunkelheit, als sie sich eine Zigarette anzündete und daran zog.

»Hat es Ihnen gefallen?« fragte Ernie.

»Ja«, sagte sie und verstummte dann. Die Nacht kroch ein wenig näher heran. Ich konnte fühlen, wie sie auf den Hügeln und am Strand dichter wurde. Das Mädchen lehnte sich zurück, dachte nach, war aber nicht entspannt.

»Sucht ihr beiden etwas Unterhaltung?« fragte sie dann,

und ihre Stimme klang, als wäre sie gerade einen steilen Hügel hinaufgerannt.

»Wollen Sie uns zu einer Party mitnehmen?«

Ernie war argwöhnisch. »Was meinen Sie?«

»Nun, das«, sagte das Mädchen, und jetzt war ihre Stimme ruhig. Sie legte ihre Zigarette sorgfältig in einen Aschenbecher und knöpfte sich das Kleid vorne auf. Ihre Brüste leuchteten.

Ernie und ich starrten sie an. Der plötzliche Schock der Nacktheit ließ die Brüste exotisch und das Mädchen fremdartig erscheinen. Ich unterdrückte ein nervöses Hüsteln, und das leise Geräusch machte das Schweigen nur noch angespannter, aber das Mädchen wandte den Blick nicht von uns, als wäre sie nur eine Botin mit Geschenken aus einem fremden Land und als wäre ihre einzige Funktion die gewesen, die Schatulle zu öffnen.

Als wir lange genug hingesehen hatten, schloß sie ihr Kleid, knöpfte es zu, griff wieder nach ihrer Zigarette und zog daran, als wäre nichts geschehen.

Ernie leerte sein Glas und sprang verärgert auf. »Ich muß ins Bett«, sagte er, und damit war er, ehe ich eine Chance hatte, ihm zu folgen, in die Dunkelheit davongeschossen.

Das Mädchen sah ihm nach, wandte ihr Gesicht den Lichtern zu.

»Wieviel kostet diese Unterhaltung?« fragte ich.

»Hundertfünfzig Dollar.«

Ich überdachte den Vorschlag. Ich war vielleicht zwanzig Jahre älter als dieses Mädchen, und selbst so, noch angezogen, kam ich mir in ihrer Gegenwart ein wenig lächerlich vor. Und dann war da noch Ernie. Ich konnte mir gut vorstellen, was er am Morgen sagen würde. Während ich nachdachte, stand das Mädchen auf.

»Komm«, sagte sie. »Tun wir's. Vergiß das Geld.«

»Ich? Sie wissen ja nicht einmal, wie ich aussehe.«

»Das ist manchmal von Vorteil«, sagte das Mädchen und ging über den Rasen zu dem Pavillon voraus, in dem mein Zimmer war, gerade als ob ich ihr gesagt hätte, wo es war.

Ich hatte bisher noch nie mit einer amerikanischen Frau geschlafen. Tatsächlich habe ich überhaupt nicht mit vielen
Frauen geschlafen und ganz sicherlich mit keiner Frau, die so
gut aussah oder so jung war. Widerfuhr einem so etwas in
Hollywood die ganze Zeit?
Es war, wie Deegan gesagt hatte: Professionalismus im Ver-
ein mit dem Streben nach Glück im Bett. Es war wie nichts,
was ich bisher gekannt hatte – hartes, gespanntes Fleisch im
Dienste einer schamlosen, brutalen Energie. Ich konnte es
nicht glauben und vergeudete auch gar keine Zeit darauf, es
zu versuchen.
Die Lampe auf dem Nachttisch war eingeschaltet geblieben,
und nachher löste sich das Mädchen in dem Licht von mir
und ging quer durchs Zimmer zum Kühlschrank. Sie füllte
zwei Gläser mit Eis und goß Scotch darüber. Dann kam sie
zurück und reichte mir einen der Drinks.
Ich konnte jetzt sehen, daß ihr schwarzes Haar gestutzt war.
Sie hatte ein attraktives ernstes Gesicht, und ihre Haut war
nahtlos braun. Ihre Brüste bewegten sich, als sie ihr Glas
zum Mund führte.
»Ich verstehe das nicht«, sagte ich. »Es paßt irgendwie nicht
zu dir, so etwas zu tun.«
Sie lächelte ganz kurz. Die Glasschiebetür, die zur Terrasse
führte, stand offen, und der Duft von Eukalyptus war im
Zimmer und mischte sich mit dem des Scotchs und ihrem
Duft.
»Was paßt schon?« fragte sie. »Für mich ist das die schnellste
Art, die ich kenne, um Geld zu machen. Möchtest du, daß ich
mir ein gestärktes Röckchen anziehe und eine weiße Schleife
an den Hintern stecke wie die Kellnerinnen hier? Ich hab
diese Jobs ausprobiert. Man verplempert so viel Zeit damit,
für so wenig Geld zu arbeiten, daß einem keine Energie
bleibt für die guten Dinge . . . Und die Typen, die hier wohnen, glauben alle, daß man für nichts mit ihnen aufs Zimmer
gehen sollte. Also . . . tu ich das ein- oder zweimal die Woche. Und ich kann leben und die Dinge tun, die mir Spaß ma-

chen. Das ist keine Droge, weißt du. Ich kann damit aufhören, wann immer ich will.«

»Kannst du das?«

»Ich kann es, und ich tue es. Zeig mir doch einen Typen, der nicht alles dafür geben würde, ein- oder zweimal die Woche mit einer anderen Frau zu schlafen. Ich such mir meine Männer aus, bin wählerisch. Ich verlange einen Preis für eine Dienstleistung, und du brauchst kein Geld dafür auszugeben, mich zum Abendessen auszuführen, das ist alles.«

»Aber warum tust du es dann gratis?«

Das Mädchen warf den Kopf in den Nacken und lachte laut.

»So etwas wie gratis gibt es nicht«, sagte sie.

Als ich am Morgen erwachte, war sie im Bad und sang bei offener Tür. Ich bestellte Frühstück für uns beide, und als es kam, nahmen wir es auf der Terrasse ein, als wären wir in den Flitterwochen. Die Sonne schien bereits hell, und die Golfwagen, weiß und batteriebetrieben, summten. Hier und da war aus der Ferne das trockene Geräusch eines Golfschlägers zu hören, der einen Ball traf.

Sie goß sich Orangensaft ein und studierte mein Gesicht.

»Du hast Ärger«, sagte sie, und als sie das sagte, spürte ich, wie die Angst mein Herz ergriff. Irgend etwas Häßliches war unterwegs: Ihr eifersüchtiger Freund stand vor der Tür und würde mich erpressen oder verprügeln; sie hatte Aids? Ich sagte nichts, war zu verängstigt, um denken zu können. Die Haut in meinem Nacken spannte sich.

»Der Reverend hat dich aufgesucht . . .«

Ich verschüttete meinen Orangensaft. »Der Reverend? Du kennst den Reverend?«

Sie nickte. »Er ist zu dir gekommen, weil du etwas hast, das ihm gehört und das er braucht. Er hat gesagt, du würdest die Botschaft verstehen.«

»Ich verstehe die Botschaft nicht, und ich habe keine Ahnung, was hier vorgeht. Ein paar verdammte Mexikaner glauben auch, daß wir etwas haben, was ihnen gehört, aber wir haben's nicht.«

Sie zuckte die Achseln und strich sich Butter auf die Toastscheibe. »Der Reverend irrt sich nicht.«

»Hat er dich gebeten, hierherzukommen ... ich meine, zu mir?«

»Ja. Er meint, du versuchst, das, was ihm gehört, zu behalten. Er kann das nicht zulassen.«

Ich sprang auf, trat in die Sonne hinaus und dann wieder in den Schatten zurück. »Ich weiß wirklich nicht, was hier vorgeht.«

Sie füllte ihre Kaffeetasse und die meine auch. »Wenn du den Reverend überzeugen kannst, daß du die Wahrheit sprichst, dann wird dir nichts passieren.«

»Und wenn ich es nicht kann?«

Sie nahm einen Schluck aus ihrer Tasse und sah mich ernst an. »Er ist kein Mann, den man ärgern sollte«, meinte sie.

Ich ging eine weitere Runde in dem Zimmer herum. »Was kann ich denn tun?«

Sie stand auf, glättete ihr Kleid über den Hüften und schüttelte ihr Haar frei. »Du hast gesagt, du würdest bis heute nachmittag nicht arbeiten?«

Ich schüttelte den Kopf.

»Dann bring ich dich zum Reverend. Ich denke, das wird ihn beeindrucken. Vielleicht löst das sogar alles für dich ... In jedem Fall verschafft es dir ein wenig zusätzliche Zeit, denke ich.«

»Zu ihm gehen! Was wird er tun?«

Sie lachte. »Nichts, wenigstens nicht gleich. Du brauchst keine Angst zu haben.«

»Hat er dich hergeschickt, um mich zu holen?« fragte ich.

Sie kam auf mich zu und legte die Hände auf meine Schultern. Ihre Augen waren grau, stellte ich fest, und sie betrachteten mich mitleidig, als wäre ich unheilbar verkrüppelt. »Ja, das hat er.«

Jetzt begriff ich. »Hat er dich auch bezahlt?«

Ihr Blick blieb unverändert, sie zuckte mit keiner Wimper. »Ja«, sagte sie, »das hat er.«

5

Sie fuhr barfuß einen apfelgrünen Sportwagen mit offenem Verdeck. Das Haar flog ihr übers Gesicht, und ihr Kleid war so weit hochgeschoben, daß es nur die oberen paar Zentimeter ihrer Beine bedeckte.
»Du siehst aus wie Grace Kelly«, sagte ich.
Das gefiel ihr, und sie lachte. »In welchem Film?«
»Ich weiß nicht . . . der an der Riviera, denke ich.«
Ich hatte keine Ahnung, wohin wir fuhren. Die Stadt war so lang und so breit, daß ich nie wußte, wo ich war. Ganz gleich, wohin ich in diesen zwei Wochen ging, ich brauchte immer jemanden, der mir den Weg zeigte. Ich erinnere mich nur, daß wir am Ende an einem kleinen, etwas zerzausten Park vorbeifuhren, wo der Boden unter dem Rasen zu sehen war, wie die schmutzige Ferse durch die abgewetzte Socke eines Landstreichers. Es war ein ruhiger, stiller Teil der Stadt – ruhig wie verlassen. Ein paar Penner lagen auf Bänken im Schatten von Palmen, aber sonst waren keinerlei Spuren von Leben zu sehen. Auf der anderen Seite des Parks gab es einen großen freien Platz, in dessen Mitte eine riesige Kirche mit kahlen Wänden stand. Ganz oben lief um das ganze Gebäude herum ein Balkon mit Fenstern, wobei Farbglas sich mit gewöhnlichem Glas abwechselte. Es gab einen Turm und eine Markise, die zum Hauptportal führte, und eine große Tafel, die an der Wand hing:

DIE KIRCHE ZUM WILLEN GOTTES:
REVEREND J. TURRILL
KÄMPFT MIT GEGEN DAS BÖSE

Das Mädchen steuerte den Wagen bis dicht an die Markise heran. Sie zog die Handbremse, schaltete aber den Motor nicht ab.

»Alleine?« fragte ich.

»Ja«, sagte sie.

Ich stieg aus dem Wagen und knallte die Tür zu. »Was soll ich tun?«

»Geh einfach hinein und frag nach dem Reverend.«

»Werd' ich dich wiedersehen?«

Das Mädchen schob den Schalthebel in den ersten Gang. »Nein«, sagte sie, »das wirst du nicht.« Und der Wagen machte einen Satz, wurde schneller und verschwand hinter der nächsten Ecke.

Über der Eingangstür zur Kirche war eine ferngesteuerte Kamera angebracht, die mich beobachtete. Ich drückte einen Knopf, worauf ein Summen und gleich darauf ein Klicken ertönte. Eine Stimme sagte »Herein!«, und die Tür sprang auf. Ich ging hinein und fand mich in einer kleinen intimen Kapelle, deren Größe in keinem Verhältnis zu dem riesigen Gebäude stand, das ich von draußen gesehen hatte.

Vor mir waren zwei separate Bankreihen mit einem Mittelteil dazwischen, der zu einem Altar führte – einem soliden weißen Marmorblock –, und darüber ein massives hölzernes Kruzifix auf einer gelben Steinwand; keine Fenster, nur ein Rednerpult auf einer erhöhten Plattform, sonst nichts. Ich hustete und ging nach vorn. Der Raum roch feucht; ein Teppich dämpfte meine Schritte.

Als ich mich dem Altar näherte, kam ein Mann in einem dunklen Anzug hinter ihm hervor. Es war ein großer Mann mit kräftigen Schenkeln und einem Gesicht, das kreisrund war und über dem eine Kruste aus dichtem blondem Haar saß. Seine rosa Hände sahen so aus, als wären sie zu allem fähig, obwohl sie einander so vorsichtig hielten, wie sie es sonst vielleicht mit heiligen Reliquien taten.

»Ja?« fragte er, und seine Stimme klang wie bei einer Letzten Ölung.

»Ich bin gekommen, um den Reverend zu sprechen.«

»Brauchen Sie geistlichen Beistand?«

»Das will ich nicht hoffen.«

Der Mann nickte. »Folgen Sie mir«, sagte er.

Hinter dem Altar gab es einen Gang, der zu einem Flur führte, der seinerseits in den hinteren Gebäudeabschnitt führte. Zu beiden Seiten des Flurs gab es Türen, insgesamt etwa ein Dutzend, die alle geschlossen waren. Am Ende des Korridors erreichten wir zwei Treppen – eine nach oben, eine nach unten; wir gingen hinauf.

Das Treppenhaus war schmal. Nach etwa zwanzig Stufen kam ein Absatz, der von zwei weiteren Engeln des Reverends bewacht wurde. Wie ich inzwischen erwartete, trugen sie gutgeschnittene Anzüge, hatten breite Schultern und engelhafte Gesichter, und das helle Licht der wahren Religion schien aus irgendwelchen weiten Fernen durch ihre Haut.

Diese Wächter schienen mich nicht zu sehen, als mein Führer mich an ihnen vorbei ins Obergeschoß der Kirche führte. Hier nahmen offene, nur mit niedrigen Stellwänden abgetrennte Büros die ganze Gebäudefläche ein.

Dies war vermutlich das Zentrum der Welt des Reverends, und Dutzende ergebener Leute liefen für ihn herum, redeten miteinander, telefonierten und arbeiteten an Bildschirmen. Ebenso wie die Wachen war jeder einzelne von ihnen von innen heraus erleuchtet, belebt und sah gesund aus.

Ich folgte dem Mann durch das Labyrinth von Büros und blieb nahe dem Ende einer der fensterlosen Wände stehen, als er stehenblieb. Mein Begleiter drückte einen Knopf, und plötzlich war da vor uns ein kleiner Lift, klein wie ein Sarg. Der Mann bedeutete mir, die Kabine zu betreten, und ich ging hinein, rechnete halb damit, daß er mir folgen würde. Das tat er nicht. Die Tür schloß sich, und ich war allein.

Ich war gerade lange genug in der Kabine, um Angst zu bekommen – die Stahltür schien luftdicht, und es gab kein Lüftungsgitter. Ich konnte keine Bewegung spüren, aber als die Tür sich öffnete, war ich ganz sicherlich an einem anderen

Ort. Ich trat ins Freie und fand mich von einem magischen Schein aus Sonnenlicht und Farbe eingehüllt.

Zuerst war ich wie geblendet. Dann konnte ich sehen. Ich befand mich in einem großen Raum, der wenigstens die Hälfte der von den vier Wänden der Kirche umschlossenen Fläche ausmachen mußte. Und hier waren die Fenster, die ich von der Straße aus bemerkt hatte, hoch und breit. Jedes zweite Fenster war durchsichtig, und die dazwischen waren aus modernem Farbglas gefertigt, deren Farben sehr geschmackvoll ausgewählt waren – Blau und Karminrot, Grün und Gold, wie in einer Kathedrale.

Am vordersten Ende des Raumes stand ein Schreibtisch, den man wohl auch als Kegelbahn hätte benützen können. Dahinter saß der Reverend, und die Kraft strahlte immer noch von ihm aus, in massiven Lichtstrahlen, während die Farbe von den Fenstern den Umrissen seines Gesichts einen himmlischen Schimmer verlieh.

Hier und dort im Raum verstreut, aber weit voneinander entfernt, gab es weitere Schreibtische, und an jedem saßen ein paar Frauen – die Art von Frauen, die der Reverend zu mögen schien: kalifornisch und schön, gut genug, um von zu Hause wegzulaufen, und groß wie Footballspieler.

Unter meinen Füßen spürte ich einen weißen Teppich, dick und endlos, und auf ihm standen, ohne ersichtliche Ordnung, wie Schachfiguren, die gerade nicht gebraucht wurden, einige der großen Männer des Reverends mit Gesichtern und Anzügen wie vorher. Sie schienen sich nicht zu bewegen, sondern starrten mich an, die Hände locker herunterhängend.

Ich zögerte und trat dann in den Raum, trat meinen Marsch quer über die endlosen Weiten des Teppichs an. Immer noch bewegte sich keiner, mit Ausnahme des Reverends, der sich erhob und hinter seinem Schreibtisch hervorkam, auf Siebenmeilenfüßen auf mich zu. Wieder sah ich, wie kolossal er war, und doch, wie gut proportioniert. Seine weißen gleichmäßigen Zähne lächelten in seinem gebräunten Gesicht. Er sah so sauber aus, sein Haar frisch gewaschen, seine Kleidung perfekt. Als wir uns gegenüberstanden, ruhten alle Augen im Raum eine Sekunde lang auf uns.

Ich trat in den Schatten des Reverends, und er nahm mich am Ellbogen. Der Druck, den seine Finger ausübten, war nur sachte, obwohl ich mich, als er mich berührte, hilflos fühlte. Ich bog ab, als der Reverend abbog, und ging mit ihm auf den Balkon hinaus, und wir blickten hinunter auf den leeren Platz und über den Park und die Palmen in die Schicht aus dunkelbraunem Smog, der unter dem bitteren Sonnenschein von Los Angeles lag.

»Ich bin froh, daß Sie gekommen sind«, sagte der Reverend, und seine Stimme war so sanft und stark wie seine Berührung. »Aber ich habe schon damit gerechnet.«

Ich schluckte. »Ich weiß wirklich nicht, was hier vorgeht«, sagte ich, »und deshalb bin ich gekommen, um Ihnen das zu sagen.«

Der Reverend übte ein wenig Druck auf meinen Ellbogen aus, und wir begannen Seite an Seite den Balkon entlangzugehen.

»Sagen Sie mir, was Sie zu sagen haben.«

»Es gibt nichts zu sagen«, beharrte ich. »Ich bin freischaffender Filmtechniker. Ich bin nie zuvor in Los Angeles gewesen. Ich bin nicht einmal religiös.«

Der Reverend nickte. »Wie hat man Sie ausgewählt?«

»Der Kameramann hat mich ausgewählt. Der Assistent, den er mitbringen wollte, hatte einen Unfall. Ich hatte nur zwei Tage Zeit, um mich vorzubereiten.«

»Einen Unfall.« Das war keine Frage.

»Er ist überfahren worden. Er war tot, ehe man ihn ins Krankenhaus bringen konnte.«

»Ja, das wissen wir. Hat er Sie irgendwann angerufen?«

»Nein ... dafür gab es für ihn auch keinen Grund. Er wußte gar nicht, daß es mich gibt.« Der Balkon bog um eine Ecke, und wir taten das auch. Der Ausblick hatte sich jetzt geändert. Nicht weit entfernt konnte ich sechs Spuren Verkehr auf einem Freeway sehen. Es war alles seltsam still. Ein Flugzeug glitzerte am Himmel.

Der Reverend blieb stehen und lehnte sich gegen die Wand der Kirche und blickte über die Stadt hinaus, als wäre sie eine seiner Besitzungen und er könne sie, wenn er wollte, verschenken. Ich blickte hinunter. Es war ziemlich weit nach unten, und die schmiedeeiserne Balustrade war niedrig. Der Platz war leer, sah man von der schwarzen Limousine des Reverends ab.

»Ich weiß nicht, ob ich Ihnen glauben kann«, sagte er. »Zehn Millionen Dollar sind eine große Versuchung.«

»Zehn Millionen Dollar«, sagte ich und trat einen Schritt vom Rand des Balkons zurück. »In der Liga spiele ich nicht. Was würde ich mit zehn Millionen Dollar tun?«

Der Reverend ersparte sich die Mühe, eine so dumme Frage zu beantworten. Er ging weiter, und ich folgte ihm, hielt mich dicht an die Wand der Kirche und kam jetzt an Fenstern vorbei, die klein waren und hinter denen Vorhänge flatterten.

»Ihr Vorgänger in London, Rapps . . . Ich denke, man könnte ihn getötet haben, weil er versucht hat, zu schlau zu sein. Möglicherweise hat er versucht, mit denen, die meine Kirche nicht lieben, eine Übereinkunft zu treffen, und sie haben ihn getötet, als die Übereinkunft nicht funktionierte, in erster Linie, um zu verhindern, daß mich das Geld erreichte. Dafür würden sie alles tun.«

Der Reverend blieb abrupt stehen, drehte sich um, und ich wäre fast gegen ihn geprallt. Wir standen jetzt an einem offenen Fenster, und ich sah ein großes, luxuriös eingerichtetes Wohnzimmer. »Aber Rapps war seit Jahren verläßlich. Immer wenn er nicht selbst kommen konnte, schickte er jemand anderen, jemanden wie Sie, einen Ersatzmann.«

»Die Leute, die ihn getötet haben«, schrie ich, und meine Stimme überschlug sich vor Hoffnung wie die eines Heranwachsenden. »Das liegt doch auf der Hand, die haben Ihr Geld.«

Der Reverend seufzte. »Sie hätten Rapps nur in letzter Not

getötet – um zu verhindern, daß das Geld zu mir gelangte. Wenn es sich bereits in ihrem Besitz befunden hätte, hätten sie sich die Mühe nicht gemacht. Das sind keine Amateure. Man hat sie angeheuert, weil sie die Besten sind.«

»Die Besten?«

»Deshalb haben sie Sie alle in Newport durchsucht. Ihre Zimmer haben sie auch durchsucht, während Sie weg waren ... das haben Sie nicht bemerkt?«

»Sie meinen diese Mexikaner in Newport, Sie meinen, die haben Rapps getötet, weil sie das nicht fanden, was sie suchten?«

Der Reverend setzte sich wieder in Bewegung. »Ich denke schon. Und sie werden Sie auch töten, wenn sie glauben, daß sie damit verhindern können, daß das Geld zu mir kommt.«

»Ich wußte nicht, daß Rapps Ihnen Geld brachte«, sagte ich. »Ich habe nur die Ausrüstung herübergebracht.« Plötzlich kam mir eine Idee. »Die ist vom Zoll beschlagnahmt worden, wissen Sie? Da könnte das Geld weggekommen sein.«

Der Reverend lächelte über meine Unschuld. »So wird das gemacht. Meine Männer haben Ihr Gepäck Zoll um Zoll durchsucht. Rapps hat das Geld immer so geliefert. Diesmal ist es schiefgegangen. Diesmal war vielleicht die Versuchung zu groß.«

»Einer der anderen aus der Filmcrew«, schlug ich vor, »der Produzent vielleicht oder der Regisseur. Es muß einer von ihnen sein.«

Der Reverend blieb stehen und verschränkte die Arme. Wir standen jetzt wieder vor dem Fenster, durch das er mich herausgeführt hatte. »Ich täusche mich nie in Menschen«, sagte er. »Das ist ein Gefühl, auf das ich vertrauen kann. Einer von Ihnen hat zehn Millionen Dollar, die mir gehören, und ich glaube, daß Sie derjenige sind. Wenn es einer der anderen ist, dann liegt es an Ihnen, herauszufinden, wer es ist. Was auch immer geschieht, Sie werden das Land nicht verlassen, bis ich das habe, was ich will. Mein Sohn, die Gewalten des Bösen wollen mich und meine Arbeit vernichten. Worüber wir hier sprechen, ist nicht nur Geld ... wir reden von der Rettung dieser Kirche hier und der Menschen in ihr. Wie lange dauern Ihre Filmarbeiten noch?«

»Noch etwa eine Woche.«

»Dann haben Sie diese Woche. Ich werde geduldig sein, aber ich warne Sie: Versuchen Sie nicht, das Land oder auch nur den Staat zu verlassen. Das wird nicht funktionieren, und ein Besuch bei der Polizei in Los Angeles auch nicht. Es gibt für Sie keinen Ort, an den Sie gehen können. Ich will Ihnen kein Leid zufügen, aber meine Kirche bedeutet mir mehr als alles auf dieser Welt.«

»Aber das Geld muß in einer Kiste sein. Zehn Millionen Dollar – man kann nicht zehn Millionen Dollar verstecken.«

»Das kann man, wenn man das Geld in Diamanten höchster Qualität umgetauscht hat«, sagte der Reverend und trat zurück in den großen Empfangssaal.

In dem Saal hatte sich nichts verändert. Die Frauen saßen an ihren Schreibtischen, die Männer standen statuenhaft und warteten. Ich wollte hinter dem Reverend herrennen, aber er hatte bereits die halbe Strecke zu seinem Schreibtisch zurückgelegt, und zwei seiner Männer traten zwischen uns und steuerten mich auf den Lift zu. Für den Augenblick war man mit mir fertig.

Ich weiß kaum, was ich nachher tat. Der Lift brachte mich nach unten. Ich folgte dorthin, wohin man mich führte, die Treppe hinunter in den Keller. Zwei andere Männer gingen beiderseits von mir. Meine Kehle wurde trocken. Meine Hände zitterten. Ich war überzeugt, daß ich dort unten langsam und systematisch verprügelt werden sollte, dort, wo man meine Stimme nicht hören konnte, aber so war der Reverend nicht.

Einer seiner Meßdiener schloß eine Tür auf und stieß sie auf. Man schubste mich über die Schwelle, und das grelle Licht einer Glühbirne ließ mich blinzeln.

Der Raum war so groß wie eine kleine Gefängniszelle, aber er war nicht sauber, und es gab auch kein Bett. Auf dem Boden lag ein nackter Mann, dessen Körper über und über mit Geschwüren bedeckt war und dessen Haar in Büscheln wuchs. Ich konnte sein Gesicht nicht sehen, denn er hielt den Kopf zwischen den Armen verborgen und wiegte sich langsam seitwärts hin und her, summte irgendeine sinnlose Melodie vor sich hin. Er bemerkte nicht, daß die Tür sich geöffnet hatte oder daß ich dastand und auf ihn hinunterblickte. Der Gestank in dem Raum drehte mir den Magen um, und mir brach am ganzen Körper der Schweiß aus.

»Sehen Sie sich das gut an«, sagte einer der Männer und zog mich zurück, wieder in den Korridor.

Jetzt war mir sehr übel, und ich merkte gar nicht, daß ich ging. Ich vermute, daß die Männer, die mich geleiteten, einfach meine Arme nahmen und mich halb die Treppe hinauf und durch die Kapelle trugen. Als ich draußen war, brannten die Hitze und die schwere Last von Auspuffgasen, die in der Luft lag, auch in meinen Lungen.

Die große Limousine, die ich von oben aus gesehen hatte, wartete auf mich. Aus so großer Nähe schien sie sogar noch bedrohlicher, blitzend von hochglanzpoliertem schwarzem Blech und Chrom und in der Sonne blendend. Ich hatte Angst. Ich stemmte die Beine ein und wehrte mich wie ein Kind gegen den Griff, der mich festhielt.

»Was tun Sie?« sagte ich. »Bitte, lassen Sie mich. Lassen Sie mich ein Taxi nehmen. Lassen Sie mich in Ruhe.«

»Ganz ruhig«, sagte eine Stimme. »Der Reverend will bloß, daß Sie gesund und wohlbehalten zum Hotel zurückkommen. Das ist das wenigste, was er tun kann. Er ist ein sehr guter Mensch, müssen Sie wissen.« Und damit wurde ich aus dem heißen Sonnenlicht in die Düsternis des klimatisierten Wagens gestoßen. Die Tür fiel ins Schloß, und der Wagen löste sich vom Bordstein.

In der Limousine zu reisen war, als würde man in einem Haus herumgefahren. Die Sitzbank war so groß wie ein Doppelbett, und es gab genügend Klappsitze, um damit ein kleines Kino auszustatten. Es gab auch einen Fernseher, ein Telefon und ein Getränkeschränkchen. Ich brauchte einen Drink, also goß ich mir einen großen Brandy ein und warf eine Handvoll Eiswürfel hinein.

Während ich mich allmählich zu entspannen begann, fing das grüne Licht auf dem Telefon zu blinzeln an, und ich wandte den Blick ab. Das konnte nicht für mich sein. Dann gab das Instrument ein leises Summen von sich, und ich nahm den Hörer ab. Ich konnte ja immer noch sagen, der Reverend sei nicht da.

Es war der Reverend.

»Unsere Kirche tut, was in ihrer Macht steht«, sagte seine freundliche Stimme, »um jenen zu helfen, die durch die Macht des Rauschgifts vernichtet worden sind. Aber es gibt nur wenig, was wir tun können, wenn ihr Schicksal bereits entschieden ist. Sie können jetzt vielleicht erkennen, daß der Tod nicht immer das Schlimmste ist, was das Leben zu bieten hat. Wie glücklich Sie doch sind, nicht nach solchen Substanzen süchtig zu sein . . . Aber Sie sollten wissen, wenn Ihnen so etwas zustoßen sollte . . . und das kann jedem passieren . . . würden wir Sie in unsere Obhut nehmen und alles tun, was wir können, um Sie zu kurieren . . . Unglücklicherweise kann nicht jeder gerettet werden.«

Dann war die Leitung tot, und ich legte den Hörer auf. Ich versuchte zu lachen, aber der Laut, der dabei entstand, war wie das gackernde Kichern eines Irren. Ich hätte imstande sein müssen zu lachen, denn es gab so viel, über das man lachen konnte: die Farben in dem großen Raum über der Kirche, die Engel und die Meßdiener, die auf jeden Wink ihres Führers lauschten, die heilige Ehrfurcht, die man dem Reverend entgegenbrachte, selbst dieser Wagen. Alles war übertrieben und hätte Anlaß zum Lachen geben müssen – aber wie konnte ich über solche Dinge lachen, wenn alle um mich herum sie so ernst nahmen.

Ich schluckte meinen Brandy und fröstelte. In dem Wagen war es kalt. Mir war wieder übel. Ich würde irgend etwas tun müssen. Ich beugte mich nach vorne zum Schalter der Klimaanlage und drehte ihn auf warm.

6

Das Monstrum brachte mich zum Treetops zurück, und ich ließ mir das Mittagessen auf das Zimmer bringen. Von den anderen war keiner zu sehen, und ich hatte auch keine Sehnsucht nach ihrer Gesellschaft. Sie waren ohnehin alle weg, und ein Zettel in meinem Schlüsselfach verriet mir, daß wir erst am folgenden Morgen wieder drehen würden.

Nachdem ich gegessen hatte, zog ich eine Badehose an und ging zum Swimmingpool hinüber, wo ich Angela auf einer Sonnenliege vorfand. Ich war froh darüber, sie zu sehen; sie verstand diese verrückte Stadt.

Sie legte ihr Buch beiseite und lächelte mich hinter ihrer Sonnenbrille an. Der größte Teil von ihr war braun, und unter ihrem Bikini lugten nur ein paar winzige weiße Flecken hervor. Ich setzte mich und ließ mein Handtuch und meine Zeitschrift auf den Boden fallen. Außer uns waren noch zwei Leute am Pool, aber sie waren außer Hörweite und lagen im Schatten eines Eukalyptusbaumes.

»Wo warst du denn?« fragte Angela. »Die anderen haben gesagt, du wärst mit irgendeinem Mädchen weggegangen.«

»Sie hat mir gesagt, daß sie sich auf die Tour ihr Collegestudium verdient. Hat sie mir da etwas vorgemacht?«

»Das machen viele. Ich kannte eine Grundschullehrerin, die es genauso gemacht hat.«

»Dieses Mädchen ist mit mir weggefahren – zu der Kirche zum Willen Gottes – weißt du etwas darüber?« Dann erzählte ich ihr, was mir passiert war. Ich mußte es irgend jemandem erzählen, und sie lachte wenigstens nicht.

Angela zog an einem Hebel, und ihre Sonnenliege brachte sie in sitzende Position. Sie sah mich ernsthaft an. »Es gibt nicht viele Leute von außerhalb, die den Reverend zu sehen bekommen«, sagte sie. »Das ist eine Art Ehre. Er ist ein mächtiger Mann, soviel weiß ich. Ich war eine Weile für die *Los Angeles Times* tätig und habe einmal einen Bericht gesehen ... über ihn ... den jemand geschrieben hat, nur daß er nie veröffentlicht wurde. Es ist schwer, an die Wahrheit über ihn heranzukommen.«

»Er denkt, ich wäre jemand anderer, meint, ich hätte diese Diamanten. In seiner Gegenwart ist mir das Blut gefroren.«

»Du kannst ihm nur sagen, was du weißt.«

»Das ist es ja gerade. Ich weiß gar nichts. Es könnte jeder andere in dieser Gruppe sein. Tony zum Beispiel. Er hat diesen anderen Assistenten gekannt, diesen Rapps. Sie haben früher zusammengearbeitet.«

Ein Schatten fiel über meine Schulter, und ein mexikanischer Kellner in einem roten Jacket beugte sich über mich. »Einen Drink, Señor?« fragte er.

»Ein Bier und eine Cola«, sagte ich, und der Mexikaner entfernte sich ebenso lautlos, wie er gekommen war. »Die machen einem angst, diese Kellner.«

Plötzlich stand Angela auf. »Ja, das tun sie.« Sie trat an den Rand des Pools und hechtete hinein. Ich sah ihr zu, wie sie von mir wegschwamm, wobei ihr langer schlanker Körper das Wasser kaum störte und sich golden vor dem wogenden Blau der Kacheln abzeichnete. Am Ende des Beckens machte sie kehrt und schwamm zurück, kletterte die Leiter herauf und tropfte mir Wasser auf die Beine, als sie sich wieder auf ihre Liege niederließ.

»Hast du je von Hassan Sabor, dem Alten vom Berg, gehört?« Ich schüttelte den Kopf.

»Er lebte in einer Burg am Ende eines grünen Tals mitten in einer Wüste irgendwo. Er holte sich diese Typen und pumpte sie bis zu den Augen mit Marihuana voll, Haschisch nannten sie das. Dann ließ er sie in seine wunderschönen Gärten hinaustragen, in denen aus Springbrunnen Wein floß, und dann warteten wunderschöne Mädchen darauf, alles zu tun, was man von ihnen wollte. Und dann, nach ein paar Tagen, ließ er sie wieder zu sich bringen und sagte ihnen, jetzt hätten sie das Paradies gesehen, und wenn sie einmal sterben würden, würden sie dorthin kommen, ganz sicher.

Und dann schickte der Alte vom Berg Boten zu den Königen

der Umgebung und verlangte Geld und so. Und wenn sie ihm nicht gehorchten, schickte er mitten in der Nacht einen von seinen Jungs, und wenn der König aufwachte, dann konnte es passieren, daß er einen Dolch in seiner Kehle fand ... Also pflegten die Leute zu zahlen. Man nannte diese Burschen Haschaschin ...... und daher kommt das Wort Assassine.«

»Davon hab ich nie gehört.«

»Manche Leute sagen, der Reverend sei ein wenig wie dieser Alte vom Berg, aber das sind nur die Leute, die das nicht mögen, was er tut. Die meisten Leute denken, daß das, was er tut, gut ist.«

»Was zum Beispiel?«

»Als er vor zwanzig Jahren in die Stadt kam, gründete er diese Selbsthilfegruppen. Die Leute kamen damals zu ihm und blieben ein paar Wochen, und er hatte sich ein Bild von ihnen gemacht, ihre Persönlichkeit bis in die Knochen erforscht ... und sie dann wieder aufgebaut. Echt hoffnungslose Typen, Leute, die das Handtuch geworfen hatten. Er war ihnen behilflich, wieder auf die Beine zu kommen, hat ihnen einen Blick in das Paradies gewährt und sie dazu gebracht, an sich selbst zu glauben. Hunderte waren das. Und sie haben ihn nie wieder verlassen. Sie beten ihn an, wirklich, es ist so. Also hat er die Kirche gegründet, und die Leute sind geblieben, und die Kirche wird die ganze Zeit größer. Es gibt im ganzen Staat nichts Vergleichbares. Da ist zum Beispiel ein Dorf draußen in den Hügeln mit einer Farm, wo sie ihre eigenen Lebensmittel erzeugen. Ein wunderschöner Ort, sagt man. Ich bin einigen von diesen Leuten einmal begegnet, und mir haben sie gefallen.«

»Die Leute, die ich heute sah, blickten zu ihm auf, als wäre er ein großer Filmstar.«

»Sie glauben an ihn, Del. Er hat in seiner Kirche auch ein Krankenhaus, weißt du? Er holt die Junkies von der Straße und hilft ihnen auf dem Weg zurück ins Leben. Kein Wunder, daß sie ihn anbeten.«

Wieder tauchte der Mexikaner hinter mir auf. Er stellte die Getränke auf einen Tisch, ließ sich meine Zimmernummer geben und verschwand ebenso lautlos wie beim letzten Mal.

»Hat Tony wegen dieser Mexikaner neulich abends in Newport die Polizei verständigt?«

Angela griff nach ihrer Cola. »Ja, und die Bullen haben sich alles aufgeschrieben und gesagt, so etwas passiere hier die ganze Zeit. Das einzige, was sie überrascht hat, war, daß niemand verletzt worden ist. Sie meinen, man hat euch mit irgendeiner rivalisierenden Bande verwechselt, und die Mexikaner wollten euch warnen, ihr Territorium nicht zu verletzen.«

»Nun, der Reverend hat mich wegen irgend etwas auf dem Kieker. Er glaubt, ich hätte seine Diamanten, und wenn die Mexikaner herausfinden, was er glaubt, dann werden sie mit mir das gleiche machen, was sie mit Rapps getan haben.«

Angela legte die Hand auf mein Knie, und ihre Berührung war eisig, weil sie das Colaglas gehalten hatte. »Du wirst den Reverend auf deiner Seite brauchen«, sagte sie. »Er ist der einzige, der dich schützen kann. Und es ist ganz einfach. Du brauchst ihm bloß die Wahrheit zu sagen.«

»Das ist ja das Problem«, sagte ich. »Die Wahrheit ist das, was keiner hier hören will.«

Als ich wieder in meinem Zimmer war, schloß ich die Schiebetür und zog die schweren Vorhänge vor. Anschließend holte ich die Flasche Whisky aus dem Kühlschrank und schenkte mir einen großen ein.

Von dem, was Angela mir erzählt hatte, gefiel mir nicht sehr viel. Den Reverend davon zu überzeugen, daß er sich irrte, schien mir keine sonderlich leichte Aufgabe. Zehn Millionen Dollar waren eine Menge Geld, und niemand auf der ganzen Welt würde sich bei einem solchen Thema auf das verlassen, was ein Fremder sagt.

Dann waren da noch die anderen: die Mexikaner. Wenn sie zu dem Schluß gelangten, daß ich ein Ersatz für Rapps war oder vielleicht sogar in ein echtes oder eingebildetes Schwindelmanöver, das er veranstaltet hatte, eingeweiht – nämlich den Diebstahl der Diamanten –, würden sie mich schon alleine deshalb in den Abgrund stoßen, damit alles seine Ordnung hatte. Ich hatte wirklich nur zwei Chancen: Ich konnte umkommen oder krepieren. Die Wahl stand mir frei. Entweder erwischten mich die Mexikaner, oder ich wurde im Krankenhaus des Reverends »kuriert«. Wenn ich zur Polizei ging, würde man dort alles aufschreiben und mir sagen, ich solle mir keine Sorgen machen – hier läge nur eine Verwechslung vor. Und das war ja auch der Fall, nur eine Verwechslung, die ernsthafte Folgen haben konnte – in erster Linie allerdings für mich.

Ich stöhnte, wälzte mich quer über das Bett und griff nach dem Telefon. Ich wollte mit irgend jemandem reden; ich wollte nach Hause und mich unter dem Bett verkriechen.

Als meine Frau sich meldete, wußte ich, daß es ein Fehler gewesen war, sie anzurufen. Was konnte ich schon sagen? Jemand glaubte, ich hätte zehn Millionen Dollar, die ihm gehörten, und wenn ich sie nicht herausgab, würde man einen Rauschgiftsüchtigen aus mir machen. Nach einer solchen Geschichte würde sie noch weniger von mir halten, als sie normalerweise tat.

»Jesus, Del«, sagte sie, »es ist zwei Uhr nachts.« Sie sprach gewöhnlich mit ausgeprägtem Oxford-Akzent, und der Klang ihrer Stimme, der jetzt vom Satelliten zu mir herunterkam, erinnerte mich an Wedgwood-Porzellan feinster Qualität. Die Kluft zwischen ihrer Herkunft und der meinen war so groß, daß ihre Eltern selbst bei klarer Sicht nicht bis auf meine Seite sehen konnten.

»Ich dachte, ich würde vielleicht früher nach Hause kommen«, sagte ich. »Mir hängt das hier alles zum Hals heraus.«

Das machte sie wach. »Hör zu, Del, daß du mir ja nicht deine Arbeit vorwirfst. Du hast seit Monaten keine Beschäftigung mehr gehabt, und wir brauchen das Geld.«

»Das ist es nicht . . .«

Sie hörte mir nicht zu, und die Verzögerung, die die Satellitenverbindung erzeugte, verschaffte ihr genau die richtige Distanz.

»Nur noch ein paar Tage. Schließlich hast du vier Monate nichts zu tun gehabt, vergiß das nicht, und warst die ganze Zeit zu Hause und hast dir Videos angesehen. Nein, vielen Dank.«

»Geht's den Kindern gut?«

»Eingebrochen hat man auch noch bei uns, als ob ich nicht schon genug um die Ohren hätte. Ich mußte die Polizei rufen.«

»Eingebrochen?«

». . . aber es waren keine Profis. Die Polizei konnte nicht verstehen, warum die nichts mitgenommen hatten, nicht einmal den Videorecorder. Ich weiß das schon. Das kommt daher, weil an unserem sogenannten Besitz nichts ist, was die Mühe lohnt.«

»Haben sie irgend etwas mitgenommen?«

». . . aber die Kinder waren begeistert . . . Und Anrufe mit Angeboten hat es auch keine gegeben . . .«

»Irgendwelche sonstigen Anrufe?«

». . . nur daß da zwei Männer waren, die dich sprechen wollten. Sie haben sich lange mit mir unterhalten, wollten wissen, ob du dich für einen Dokumentarfilm interessieren könntest, der nächstes Jahr in Brasilien gedreht werden soll. Sie wollten eine ganze Menge über dich wissen. Ob du dschungelfest wärst, was für ein Mensch du bist und derlei Dinge . . .«

»Was wollten sie wissen?«

». . . aber du würdest das ja ohnehin nicht machen wollen, was soll's also? Sie haben jedem der Kinder einen Fünfer gegeben, aber ich hab ihnen das Geld weggenommen und in die Haushaltskasse getan. Das bringt mich übrigens auf den Gedanken, daß du Matrix bitten solltest, mir einen Vorschuß auf dein Gehalt zu schicken . . . Ich brauche das Geld. Ich mußte mir letzte Woche von meinem Vater was borgen. Ich brauch dir ja wohl nicht zu sagen, was er gesagt hat . . .«

»Das werde ich«, sagte ich, »ich erledige das sofort.« Und damit legte ich den Hörer auf, ehe meine Worte Zeit hatten, ihr Ziel zu erreichen. Selbst ein Wurm wie ich gewöhnt sich langsam daran, daß er sich nirgendwohin krümmen kann.

Am nächsten Morgen nach dem Frühstück fuhr ich den Stationswagen rückwärts aus dem Parkplatz zu unserer Ausrüstung, die vor dem Eingang zu unserem Pavillon in einem riesigen Berg aufgetürmt war. Ernie und Nick erwarteten mich schon, und ich manövrierte den Wagen in die richtige Position. Nick öffnete die Heckklappe. Während wir damit beschäftigt waren, tauchte Alex auf. Er kam die freiliegende Treppe heruntergerannt. Er war ebenso wie wir gekleidet: Shorts, Turnschuhe und Sporthemd. Ronnie kam etwas langsamer hinter ihm her.

»Hier gibt's keinen Deegan«, sagte er, »nur Arbeiter.«

»Ich möchte heute früh ein paar Panoramaaufnahmen von L. A. und ein paar Aufnahmen vom Wagen aus machen«, sagte Alex. »Aber wir fahren zuerst zum Griffiths Park hinauf, für eine Stadtansicht und dieses Hollywood-Zeichen ... du weißt schon.«

Nick und ich luden die Ausrüstung ein, und als wir beinahe fertig waren, kam Angela in ihrem VW-Cabrio angefahren.

»Tag, Leute«, sagte sie. »Kann ich jemanden mitnehmen?«

Ehe mir jemand zuvorkommen konnte, war ich neben ihr auf den Beifahrersitz gesprungen und hatte die Tür bereits wieder hinter mir geschlossen. Die anderen fanden meine Hast sehr amüsant, aber das war mir gleichgültig. Schließlich hatte ich nicht oft die Chance, von einer gutaussehenden Frau herumgefahren zu werden.

Während wir die endlosen Zickzackpartien der Straße hinter uns brachten, die zum Observatorium im Griffiths Park hinaufführte, konnten wir unter uns die Wolkenkratzer von Century City in der graugoldenen Luft sehen, die mit todbringendem Dunst angefüllt war, der die Sonnenstrahlen filterte. Und weit entfernt, dem unsichtbaren Horizont nahe, auf den fernen Freeways, floß unablässig der Verkehr. Sechs Spuren in jede Richtung, wie Viren in einem Blutstrom.

Oben angelangt, stiegen wir aus den Fahrzeugen und blickten über die Stadt.

»Stell's hierher«, sagte Ernie.

Ich holte das Stativ aus dem Wagen, und wir bauten die Kamera auf, säuberten sie und legten ein Magazin ein. Rings um uns schimmerten geparkte Autos mit Nummernschildern aus jedem einzelnen Staat der Union in der Sonne. Touristen schlenderten an uns vorbei und lächelten über unseren Akzent. Alex hatte eine dunkelblaue Baseballmütze auf, die ein großes T für den Treetops Golf Club trug.

»Alles klar«, sagte er. »Ich will einen langsamen Schwenk über die Stadt.«

Ich starrte ihn an. War er derjenige, der Rapps' Stelle eingenommen hatte? Hatte man ihn aufgefordert, die Diamanten zu bringen, und war die Versuchung von soviel Geld dann übermächtig für ihn geworden? Möglich war es. Manns genug für den Job war er ohne Zweifel. Klein und breitschultrig, mit vorspringendem Kinn, das ein Bart wie eine rostige Drahtbürste bedeckte.

Er bemerkte, daß ich ihn studierte, kniff die Augen argwöhnisch zusammen, versuchte herauszufinden, was ich wohl dachte. Ich löste den Blick von ihm und stellte die Kamera nach Ernies Anweisung an einen anderen Punkt. »Hier ist's besser«, sagte er.

»Und anschließend«, fuhr Alex fort, der uns zu dem neuen Standpunkt gefolgt war, »möchte ich noch einen Schwenk, hundertachtzig Grad, und dann zoomst du auf die Schrift dort drüben auf dem Berg.«

Nick kam mit seinem Nagra. »Soll ich den Geräuschhintergrund aufnehmen, wegen der Atmosphäre, meine ich?« fragte er.

Ich drehte mich um und sah die Schrift an. Es war diese berühmte Schrift, die man auf allen Postkarten zu sehen bekommt, groß, mit einzelnen weißen Buchstaben, jeder etwa vier Männer hoch und breit. HOLLYWOOD verkündete die Schrift und zeichnete sich klar und deutlich vor dem dunklen Grün der Vegetation ab.

»Ist ja ziemlich mies«, sagte Ronnie. »Das D steht schief, und da hängt eine Puppe dran.« Er hielt einen Feldstecher in der Hand, und ich bemerkte, daß seine rechte Hand verbunden war.

»Was ist denn mit deiner Hand passiert?« fragte ich ihn.

»Ich hatte gestern abend eine Auseinandersetzung mit Tony, um Geld.«

»Aber nicht im Wert von zehn Millionen?«

Ronnie sah mich an, als wäre ich verrückt. »Du kennst doch unser Budget«, sagte er. »Wenn wir so viel Geld hätten, würden wir doch diesen Scheiß hier nicht aufnehmen, oder? Nein, nur wegen Spesen. Aber gegen Tony kommt man ja nicht an. Ich war so wütend, daß ich auf die Wand einschlug.«

»Die Wand?«

»Wenn ich das nicht getan hätte, hätte ich ihm eins verpaßt, und er ist ein gutes Stück größer als ich.«

Plötzlich schob sich Alex zwischen uns. »Ich weiß, daß es mies ist«, sagte er. »Wenn ihr jetzt aufhören würdet, euch das Maul darüber zu zerreißen, könntet ihr ja hinübergehen, das D geraderichten und die Puppe abnehmen.«

»Es hat Proteste gegeben, daß die Schrift am Zerfallen ist«, sagte Angela. »Das soll die Puppe bedeuten. Ich hab es heute früh im Radio gehört.«

Tony ging zu Angelas Auto. »Komm, Ange«, sagte er, »fahr mich hinüber.«

»Warum machen wir nicht inzwischen ein paar Schwenks«, sagte Ernie, »während wir warten, meine ich.«

Alex sah Tony und Angela zu, wie sie in den VW stiegen und wegfuhren. »Okay«, sagte er, »warum nicht?«

Ernie machte eine Aufnahme und dann noch zwei oder drei, um sicherzugehen. Der Himmel über Los Angeles träumte dahin wie weiches neapolitanisches Eis. Eine goldene Decke flammte über die Stratosphäre und verblaßte an ihrem unteren Rand in fahles Blau. Weiter unten wurde es dunkler, bis am Ende, so, daß er die Füße der Wolkenkratzer bedeckte, brauner Smog aufstieg und gegen die Luft ankämpfte und etwa ein Drittel des Weges bis zu dem verrückten Glitzern von Century City hochkletterte.

Alex fluchte. »Ich hatte gehofft, hier oben würde es klarer sein.« Er tupfte sich ein Auge. »Dieser beschissene Smog. Mir kommen dauernd die Tränen.«

»Das ist dieser Film«, sagte Ernie. »Der bringt jeden zum Weinen.«

Ich ging ein wenig beiseite. Alex wirkte in die Enge getrieben. Das würde einer seiner schlechten Tage werden. »Schau, Ernie«, sagte er, »schalt einfach die Kamera ein, wenn ich es dir sage, und den Rest der Zeit hältst du den Mund.«

»Augenblick mal.« Ronnie trat zwischen Alex und Ernie, und sein Fuchsgesicht wirkte besorgt. »Das ist doch lächerlich. Das liegt nur an diesem Smog. Der geht einem auf die Nerven, man muß sich erst daran gewöhnen.«

»Gewöhn du dich dran«, sagte Ernie. »Ich werde das nicht.«

Ronnie hob seine bandagierte Hand wie eine Handschuhpuppe. »Seht euch das an. Normalerweise würde ich doch so etwas nicht tun. Das ist der Smog.«

Nick nahm den Feldstecher vom Dach der Limousine und sah zu der Schrift hinüber. »Ehrlich«, meinte er nach ein paar Sekunden, »da drüben sind jetzt eine Menge Wagen. Sogar Blaulicht, das müssen Bullen sein.«

Alex riß Nick den Feldstecher weg und führte ihn an die Augen. »Dann können wir es jetzt nicht schießen, es wimmelt ja von Bullen. Dann machen wir hier Schluß.«

Ich nahm die Kamera vom Stativ und verstaute sie im Koffer. Dann klappte ich das Stativ zusammen und legte es mit der Batterie in den Wagen.

Wenig später kam Angelas VW die Bergstraße heraufgeschossen, nahm ein paar Haarnadelkurven und blieb schließlich neben uns stehen. Tony beugte sich aus dem Fenster. Er grinste.

»Da drüben hat's von Bullen gewimmelt«, sagte er, »und die sind in bezug auf diese Schrifttafeln recht empfindlich. Es hat ziemlichen Ärger darum gegeben.«

Alex stöhnte. »Ausgerechnet heute, wenn ich die Aufnahmen machen will.«

»Nun, die kannst du vergessen.« Tony fing an zu kichern. »Siehst du, diese Puppe war gar keine Puppe; die haben sie heute morgen abgenommen. Was an dem D hing, war ein richtiger Mensch.«

»Wirklich?« schrie Alex plötzlich vergnügt. Er griff nach dem Feldstecher. »Selbstmord?«

»Nein«, sagte Tony und lachte wieder, »nein, kein Selbstmord.«

Angela hatte bisher ihre Hände, die das Steuer hielten, betrachtet. Jetzt hob sie den Kopf und sah mich traurig an.

»Nein, kein Selbstmord«, sagte sie. »Es war einer von diesen verdammten Mexikanern, und seine Hände waren am Rücken zusammengebunden.«

7

Die drei Wagen fuhren in einer langsamen Prozession durch die Berge von Santa Monica. Die Straßen waren sommerlich, und wir waren auf dem Rückweg zum Treetops, waren auch müde. Wir hatten einen langen, heißen Tag hinter uns.

»Heute abend gibt es Champagner«, verkündete Alex, als wir vor dem Hotel ausluden. »Eiskalt.«

Ernie und Nick halfen mir, die Ausrüstung auf mein Zimmer zu tragen. Ich gab jedem ein Bier aus meinem Kühlschrank, und sie setzten sich auf die Betten, während ich die Magazine im Wechselsack entlud.

»Können wir nicht alleine weggehen«, sagte ich. »Wir müssen uns einmal von den anderen erholen.«

»Nein, heute abend nicht«, antwortete Ernie. »Alex und Tony haben Damen zum Abendessen eingeladen, also wette ich ein Pfund gegen einen Penny, daß sie beide Wagen haben wollen.«

»Was ist mit diesem toten Mexikaner von heute morgen?«

Ernie zuckte die Achseln. »Du hast ja gehört, was die Bullen Tony gesagt haben. Da läuft irgendein Bandenkrieg, das hat nichts mit uns zu tun.«

»Ein verdammter Zufall, nicht wahr? Ich meine Newport, und jetzt das.«

Ernie zuckte erneut die Achseln. »Wir sind in ein paar Tagen hier weg, dann ist das alles nichts mehr als eine Reiseerinnerung.«

»Zufall oder nicht«, sagte Nick und warf seine leere Bierdose in den Abfallbehälter, »es war schrecklich, wie dieser Bursche da an dem Buchstaben hing.«

Als die beiden gegangen waren, duschte ich und zog frische Kleidung an. Danach setzte ich mich in Richtung Bar in Bewegung, wobei ich nur einer Reihe von Pflastersteinen im Rasen zwischen den Büschen und Bäumen zu folgen brauchte. Die Hasen und Streifenhörnchen beobachteten mich, als ich an ihnen vorbeiging, und hofften auf Futter. Sie wurden enttäuscht. An dem künstlich angelegten See in der Nähe des Golfabschlags fand ich zwei Golfbälle und steckte sie ein. Ich dachte, meine Kinder würden vielleicht Spaß daran haben.

Wie gewöhnlich war es in der Bar dunkel und klimatisiert, und ich war der erste Gast. Ich bestellte mir einen Weißwein und setzte mich auf einen Hocker mit Blick zum Haupteingang. Es war ein großer Raum mit Nischen entlang der Wände, einer Tanzfläche in der Mitte und Sesseln und Tischen, die den Rest des Raumes füllten. An manchen Abenden diente der Raum als Disco, dann machten sie so laut Musik, daß einem die Kleider am Leib vibrierten.

Ich kaute einen Eiswürfel und dachte über Rapps nach, schob drei Ideen in meinem Hirn herum. Das wahrscheinlichste Szenario war, daß Rapps die ganze Zeit die Absicht gehabt hatte, mit den Diamanten zu verschwinden; ich ging dabei davon aus, daß er sie wieder zu Geld gemacht hatte, um, sobald ihm der Zeitpunkt dafür geeignet erschien, abhauen zu können. In diesem Fall war das wahrscheinlichste Versteck für das Geld ein Nummernkonto in der Schweiz.

Andererseits, falls Rapps bemerkt hatte, daß die Mexikaner hinter ihm her waren, hatte er möglicherweise versucht, mit ihnen einen Handel abzuschließen. Als das nicht funktionierte, hatte er sich geweigert, ihnen die Diamanten auszuhändigen, und war getötet worden, um zu verhindern, daß das Geld letztlich zum Reverend gelangte.

Aber es gab noch eine dritte Möglichkeit. Rapps hatte vielleicht gar nicht die Absicht gehabt, den Reverend hereinzulegen, und hatte die Diamanten, als er erkannte, daß die Dinge anfingen, gefährlich zu werden, jemand anderem gegeben, damit der sie herüberbrachte – irgendeinem Unbekannten, der noch nicht eingetroffen war, oder – das war wahrscheinlicher – jemandem in unserem Team.

Ich war es ganz sicherlich nicht – soviel wußte ich. Deegan war bereits Millionär; Ernie und Nick hatten nicht den Stil dafür, und Ronnie war ein Feigling, der in der gleichen Liga wie ich spielte. Blieben nur noch Alex und Tony. Und Tony war derjenige, den ich mir ausgesucht hatte, in erster Linie, weil ich ihn von allen am wenigsten mochte. Aber darüber hinaus sprach auch einiges für ihn, zum Beispiel sein zu gut aussehendes Gesicht und seine selbstbewußten Augen. Es gab Sinn. Tony würde seine Mutter um zehn Dollar an ein peruanisches Hurenhaus verkaufen. Mit zehn Millionen konnte er ein Imperium gründen, seine eigenen Filme produzieren. Als einziger in unserer Gruppe war er der mit genügend Mumm, um das Geld zu stehlen, und der einzige mit dem Appetit, es auszugeben. Tony Maretta war mein Mann.

»Möchten Sie noch einen Drink?« Der mexikanische Barkeeper stand bereit, die Hände auf der Theke, ein breites Banditenlächeln unter seinem Schnurrbart. Diese Burschen waren überall, schossen wie Pilze aus dem Boden.

»Yeah«, sagte ich. »Kommen Sie jeden Morgen über die Grenze?«

»Bitte?« fragte er.

»Einen Weißwein.«

»Und ein Bier«, sagte Ernie und nahm auf einem Hocker Platz.

»Und einen Scotch«, bat Nick. »Mir ist danach, mich zu betrinken.«

»Ich bin mit von der Partie«, sagte ich und legte Geld auf die Theke. »Ernie, dieser Phil Rapps, hast du viel mit ihm zusammengearbeitet?«

»Hin und wieder. Er war immer ziemlich gut beschäftigt, hat häufig hier drüben gearbeitet und ebenso für das holländische Fernsehen.«

»Amsterdam«, sagte ich. »Diamanten. Diese Mexikaner in Newport könnten Rapps besucht haben. Ich wette, daß er überfahren wurde, war kein Unfall.«

Ernie sah Nick an, und beide lachten. »In Los Angeles«, meinte Ernie, »gibt es alle sechs Stunden einen Mord – Gangs, territoriale Auseinandersetzungen: Italiener, Puertoricaner, sogar Apachen. Daß ein Mexikaner hier umgebracht wird, ist eine Sache. Daß Rapps vor der Untergrundbahnstation Ickenham überfahren wurde, ist eine andere. Ich frage dich: ein Mord in Ickenham ... das klingt nicht einmal richtig.«

Im Restaurant waren die Kerzen angezündet, das Licht war golden und die Möbel braun. Die Tischtücher waren steif und beige, und überall blitzten die Gläser. Wir hatten einen großen Tisch, und Deegan saß mit Millie am Kopfende. Neben ihm, auf der anderen Seite, saß ein Hollywood-Theateragent, der sich selbst eingeladen hatte, um übers Geschäft zu sprechen; dann kamen Alex und Tony und die anderen.

»Diese Frauen«, sagte Nick, als er rechts von mir Platz nahm, »ich habe gehört, wie Alex über sie sprach. Sie sind hergekommen, um über irgendein Drehbuch zu sprechen. Ich wette, die halten Tony für einen bedeutenden Produzenten, und Alex ist Louis Malle. In dieser Stadt ist jeder immer nur auf Profit aus.«

In dieser Umgebung wirkten die zwei Frauen reif und strahlend, mit glänzendem Haar, so massiv und gemasert wie poliertes Holz. Zwei wunderschöne Köpfe: der eine aus Bronze, der andere aus Gold.

»Perücken«, stellte Angela fest, und ihre Stimme drehte sich wie ein Schraubenzieher.

»Sie heißen Kate und Kim«, erklärte Ernie und klappte eine Speisekarte in Folioformat auf, »oder sind es Kim und Kate?« Kim und Kate hatten gut beherrschte Gesichtszüge, in die die Zeit keine Falten gegraben hatte. Sie waren nicht jung, und sie waren nicht alt, und ich wußte nicht, was nun auf sie zutraf. Sie trugen herrliche lange Röcke, Röcke aus irgendeinem weichen, sich angenehm anfühlenden Material, das wie Wasser zwischen ihren wohlgeformten kalifornischen Beinen wallte. Jedesmal, wenn Kate oder Kim die Beine übereinanderschlug, gab es ein Rascheln von Luxus und Wärme, daß mir ganz warm zwischen den Beinen wurde.

Tony und Alex hatten für diese Abende modische amerikanische Kleidung gesammelt und wirkten so glatt und stattlich wie Marmorsäulen. Tony hatte ein Lächeln, das ewig dauerte; ein großes, lockeres Lächeln, wie eine Maske auf einem Stock. Ich beobachtete ihn scharf und wollte selbst in meinem Alter noch lernen, obwohl ich wußte, daß es zu spät für mich war.

Tony Maretta hatte immer das bekommen, was er wollte. So wie er aufgewachsen war, hatte er die guten Dinge im Leben für selbstverständlich gehalten: Frauen, Reisen, Autos, Geld. Ich war im Vergleich dazu mit Neid im Herzen mannbar geworden und mit Verachtung im Gesicht. Das Wenige, was ich bekommen hatte, hatte ich an den Tischen anderer Leute bekommen, Tischen wie diesem hier. Jemand wie ich konnte Tony nicht das Wasser reichen. Wenn ihm zehn Millionen in den Schoß fielen, würde er ganz natürlich glauben, daß sie ihm gehörten. Ich dagegen würde wahrscheinlich wegrennen.

Er ertappte mich dabei, wie ich ihn beobachtete, und lächelte und wies mit seiner Gabel auf Kim. »Sie hat einen zwölfjährigen Sohn«, sagte er stolz und nahm mit dem einen Satz den Sohn und den Akt seiner Geburt für sich in Anspruch. »Stell dir das vor.«

Endlich kamen zwei Mexikaner und brachten Eiswasser, und dann nahm die Bedienung den Auftrag entgegen. »Ich nehme einfach alles, was er nimmt«, sagte ich und deutete auf Tony. Die Bedienung ließ sich viel Zeit, und so tranken wir Champagner, während wir warteten. Der Geräuschpegel am Tisch begann anzusteigen, und als es lauter wurde, fingen wir zu brüllen an. Zuerst gab es Lobster mit Krebsscheren aus Alaska. Nach einer Weile kehrte die Bedienung zurück, deckte ab und stellte weitere Gerichte hin: New York Steaks, Hammelspieß, ungarischen Gulasch.

Ich trank immer noch Champagner, als der Rote und der Weiße kamen, und ich beeilte mich aufzuholen, schüttete mir Wein übers Kinn. Ich sah, wie Angela sich an den Hals griff und ihr Haar löste, so daß es ihr um das Gesicht fiel, wobei sie reizend aussah. Und Kim und Kate packten ihre *Canard au Poivre Vert* mit den Händen und führten große Brocken davon zum Mund, küßten das Fleisch, und der dunkle Fleischsaft tropfte von ihren purpurnen Lippen und färbte ihre Zähne.

Ich schloß die Augen und öffnete sie wieder. Nick flüsterte einer Bedienung etwas ins Ohr. Ich bewunderte die Linie ihres Rückens, als sie sich vorbeugte, um ihm zuzuhören. Sie hatte dichtes Haar, und ich wußte, sie würde schön sein, wenn sie sich zu mir herumdrehte. Warum waren sie alle so wunderbar? Warum waren sie alle so groß? War das alles absichtlich inszeniert, um mir das Gefühl zu vermitteln, so meisterhaft wie ein räudiger Spatz zu sein?

Die Geräusche veränderten sich, und die Lichter begannen zu zucken, zupften an meiner Netzhaut. Wir hatten uns zu einer Nische in der Disco begeben. Alex' Kopf hing über unseren Tisch, roh, wie eine lange Speckseite, und er starrte Kate bedeutungsvoll ins Gesicht. Ich sah Deegan mit Millie an der Bar stehen, und der Agent aus Hollywood saß zusammengesunken und glücklich in seiner Ecke, die Augen voll rauchiger Freude, undurchsichtig. Er starrte blicklos auf die Tänzer, die sich wie Lava in einer dunklen Grube auf der Tanzfläche miteinander bewegten. Ohne den Kopf zu wenden, um zu sehen, ob ich da war oder nicht, reichte er mir einen Joint, und ich rauchte ihn ganz und begann über dem Raum zu schweben wie ein Geist, den man zu einem Ouija-Brett gerufen hatte: »Ich bringe euch eine Botschaft von der anderen Seite ... Hier Phil Rapps ... zehn Millionen Dollar sind okay, aber sie sind es nicht wert, dafür zu sterben. Hütet euch vor der Kirche zum Willen Gottes.«

Die Zeit begann sich auszudehnen und endlos zu werden, und dann schrumpfte sie ein und verschwand. Ich stand auf, um den Tisch zu verlassen, und taumelte dabei gegen Tony, der in Kims Perücke hineinflüsterte: »Ich sorge dafür, daß das Drehbuch angenommen wird – wart's ab.«

Ich stolperte in Richtung auf das Restaurant davon, wo ich die Waschräume wußte. Weitere große Mädchen marschierten jetzt in die Disco, befreit von des Tages Arbeit, die Arme ineinander verschränkt, zu zweien, schoben mich beiseite.

Plötzlich legte Angela den Arm um mich und führte mich auf die Tanzfläche. Ich beugte mich zu ihr. »Du bist so reizend«, sagte ich. »Hast du das gewußt?«

Ehe sie antworten konnte, war ich wieder alleine, aber ich konnte unseren Tisch sehen, und Ernie und Nick waren dort und der Hollywoodagent auch. Er hing jetzt noch tiefer runter. Als ich mich setzte, stieß Nick mich mit dem Ellbogen an. »Ich laß mir die Bedienung aufs Zimmer kommen«, sagte er und spähte besorgt in den Schweiß und den Lärm hinein. »Sie kommt, weißt du? Das hat sie versprochen, nach ihrer Arbeit, sobald . . .«

Dann war Nick verschwunden, noch bevor er seinen Satz zu Ende gesprochen hatte, oder vielleicht auch lange nachdem ich aufgehört hatte, ihm zuzuhören.

»Wo ist Maretta?« fragte ich Ernie.

»Wo denkste denn?«

»Und Deegan?«

»Auch dort.«

Ich stand auf und machte mich wieder auf den Weg zu den Toiletten. Unterwegs stieß ich gegen einen der mexikanischen Kellner. Es war meine Schuld, aber er sagte »'tschuldigung«. Ich packte ihn am Arm und hielt ihn fest. »Ich bin es nicht«, sagte ich, »wissen Sie, ich bin es nicht, Maretta ist es, Tony Maretta. Er ist der einzige von uns, der mit zehn Millionen Dollar etwas anzufangen wüßte.«

Ich lehnte die Stirn gegen die schwitzenden Fliesen und leerte meine Blase. Ich hatte zuviel getrunken – viel zuviel. Ich ließ mir das Wasser aus dem Hahn über den Kopf laufen, rieb mir die Kopfhaut und musterte mich dann im Spiegel. Wie lange war ich von der Disco weggewesen? War es Zeit für mich, zu Bett zu gehen? Nick tauchte neben mir auf. Er wirkte verärgert.

»Wo bist du gewesen?« fragte ich und sah auf meine Uhr, obwohl ich auf dem Zifferblatt nichts erkennen konnte.

»In der Wohnung von dieser Kellnerin. Sie hat ein Apartment auf der anderen Seite des Golfclubs. Mit einem Wasserbett.«

»Wasserbett. Wie lang warst du denn weg?«

»Keine Ahnung. Vielleicht ein oder zwei Stunden.«

»In einem Wasserbett.«

»Ja. Und dann wieder raus. Ich hab eine Stinkwut, was für eine Zeitvergeudung.«

»Wie meinst du das? Wie zum Teufel hat sie es geschafft, dich wieder aus dem Wasserbett rauszubringen, wo du doch schon drin warst?«

»Ganz einfach ... Grade als ich mit dem Vorspiel anfange, hat sie sich auf die Seite gedreht und gesagt, ›Ihr älteren Männer seid alle gleich, ihr wollt nur das eine‹.«

»Ältere Männer«, sagte ich, »aber du bist doch erst über dreißig. Wie alt ist sie denn?«

»Keine Ahnung. Achtzehn vielleicht. Was wollen denn jüngere Männer? Ein intellektuelles Gespräch?«

»Was ist denn passiert?«

»Was meinst du wohl? Er hat so schnell schlapp gemacht, daß er wie ein Jahrmarktsballon von gestern aussah. Ältere Männer!«

»Das ist das Ärgerliche daran, wenn man gut aussieht«, sagte ich und ließ meine Schadenfreude ein wenig zu sehr sichtbar werden.

»Wenn ein Mädchen mit einem alten, häßlichen Typen wie mir ins Bett geht, dann weiß ich, daß das an meiner wunderbaren Persönlichkeit und nichts anderem liegt, weil da sonst nichts ist.«

Ich hatte nicht geahnt, daß Nick so sauer war. »Verpiß dich doch«, sagte er, »du dämlicher Witzbold!« Er schob sich an mir vorbei, ging durch die Tür hinaus und ließ sie mir ins Gesicht fallen, als ich versuchte, ihm zu folgen.

Als ich draußen war, schlang sich die warme Nachtluft wie ein feuchtes Handtuch um meinen Kopf. Ich blinzelte, und das Blinzeln reichte aus, mich stolpern zu lassen. Ich nahm Kurs auf die Stufen, die zum Garten hinunterführten. Irgendwo auf der anderen Seite der Bäume und Büsche würde ich mein Schlafzimmer finden.

Ich torkelte ein wenig, weil der Boden unter mir schwankte, war aber eigentlich ganz zufrieden. Die Hasen und Streifenhörnchen schliefen im Dunkeln, aber das kühle Sternenlicht spiegelte sich wie Lametta am Rande des Sees, und der Mond war frei von Wolken. Es war friedlich, und nach dem Lärm in der Disco war die Stille wohltuend. Der Reverend und seine Welt schienen ein ganzes Universum weit von mir entfernt. Es war gut, sich zu betrinken.

Dann hörte ich ein Geräusch in den Büschen, und meine Zufriedenheit verflog. Ich blieb stehen, fest überzeugt, daß jemand jetzt mit einem Messer auf mich losgehen würde. Ich kauerte mich nieder und hielt mich ganz ruhig. Es gab verschiedene Möglichkeiten, wer das sein konnte – die Leute des Reverends, die Mexikaner oder einfach ein Straßenräuber –, hier draußen konnten Leute auf ihrer eigenen Motelveranda für ein paar Dollars umgebracht werden. Ich griff in die Tasche. Ein Zwanzigdollarschein war alles, was ich besaß. Ich holte ihn heraus und hielt ihn vor mich hin, so wie man einen Vampir mit einem Kreuz abhält, aber bereit, den Schein jederzeit loszulassen.

Da war das Geräusch wieder. Ich nahm den Zwanziger zwischen die Zähne und ließ mich auf Hände und Knie nieder und begann wegzukriechen. Dann beruhigte ich mich. Das Geräusch rührte daher, daß jemand sich qualvoll übergab. Ich spähte nach vorn und sah eine Gestalt, die an einem Baum lehnte. Jetzt übergab die Gestalt sich erneut, ein tiefes, würgendes Geräusch, das mir verriet, daß der Magen jetzt leer sein mußte. Ich richtete mich auf und steckte den Zwanziger wieder ein.

»Alles in Ordnung, Nick? Ich bin's, Del.«

»Zu alt, Scheiße! Das bin ich, mit dreißig ein beschissener alter Mann.« Er weinte fast.

»Ach, hör schon auf, Nick. Ich bin schon vierzig, und das ist noch schlimmer. Keiner will alt sein.«

»Ach was, verschwinden wir hier.«

Wir faßten uns gegenseitig um die Schultern und taumelten einen kleinen Abhang hinunter, der zum See führte. Nirgends war ein Laut zu hören, und die gepflegte künstliche Landschaft war verlassen.

»Ich werd schwimmen gehen«, meinte Nick, und da fiel mir auf, daß er ein Hotelhandtuch um den Hals trug.

»Gute Idee«, sagte ich und fing an, mich auszuziehen.

Binnen einer Sekunde war Nick nackt, über und über von der Sonne gebräunt, abgesehen von einem schmalen weißen

Streifen über seinen Gesäßbacken. Er fing zu rennen an und hechtete ins Wasser, schwamm zwei oder drei Züge und richtete sich dann auf, wobei ihm das Wasser bis zur Brust reichte.

»Komm schon, du Feigling«, rief er, »das ist herrlich!« Und dann klappte ohne jede Warnung sein Körper zusammen, und sein Kopf tauchte unter, so daß sein Schmerzensschrei mit ihm zusammen unter der Wasseroberfläche verschwand. Ich wimmerte. »Mein Gott«, sagte ich und rannte zum Wasser, wo ich zögerte und dann aber mit ausgestreckten Händen in den See hineinwatete. Was war los mit ihm? Ein Herzanfall? Ich überlegte, ob ich in die Disco rennen und Hilfe holen sollte; schließlich konnte ich nicht schwimmen.

Ich holte tief Luft und tauchte dann den Kopf unter Wasser wie ein kleines Mädchen, das zum ersten Mal am Meer ist. Ich tastete herum und tauchte dann wieder auf, um Luft zu holen. Nick stand ein paar Meter von mir entfernt und wirkte recht selbstzufrieden.

»Hast du einen Krampf bekommen?« fragte ich.

»Ach was, Blödsinn«, sagte Nick. »Ich bin auf einen von diesen verdammten Golfbällen getreten, mit meinem ganzen Gewicht, bin umgekippt und hab' angefangen, ihn zu suchen. Da ist er.«

Er zeigte mir den Ball im Sternenlicht und schleuderte ihn im nächsten Augenblick mit aller Kraft hoch in den Himmel. Wir lauschten, und meine Zähne klapperten. Nachdem der Ball ziemlich lange durch die Luft geflogen war, landete er, und das Klirren von Glas war zu hören; es blitzte weiß in der Nacht auf, als Nick grinste.

»Ich hab eine Windschutzscheibe auf dem Parkplatz erwischt«, verkündete er stolz.

»Vandalismus ist in Los Angeles erlaubt«, sagte ich und watete aus dem See. Während ich mich mit dem Handtuch abtrocknete, schwamm Nick ein- oder zweimal hin und zurück und kam dann wieder ans Ufer.

»Das Handtuch ist tropfnaß«, sagte er, »ich geh ins Bett.

Wenn jemand wegen der Windschutzscheibe fragt, sagen wir, wir sind Australier. Daher haben die ihren schlechten Ruf, weißt du? In Wirklichkeit sind die das nämlich gar nicht, das sind alles Engländer, die sich als Australier ausgeben.«

Wir zogen uns an und gingen gemeinsam zwischen den Bäumen zurück zum Parkplatz unseres Pavillons und suchten ohne Erfolg nach der eingeschlagenen Windschutzscheibe. Dann verließ mich Nick, und ich streckte mich auf einer Bank unter einem Eukalyptusbaum aus, weil ich einfach nicht mehr über die Energie verfügte, zu meinem Zimmer zu gehen, und ich genoß eine Weile die Stille der Nacht. Mir war jetzt etwas übel, und mein Kopf war alles andere als klar. Nach einer Weile verblaßte das Sternenlicht, und die schwarze Silhouette der uns umgebenden Berge löste sich vom Himmel. Die Welt war leer und schön.

Ich schlief, als die Limousine unserer Filmcrew die Ausfahrt vom Highway herunterkam und über die Hotelstraße auf unseren Pavillon zufuhr. Ich wurde erst wach, als der Wagen lautlos zum Stehen kam, und ich wartete, daß jemand ausstieg. Aber niemand kam heraus, und ich fragte mich, warum Tony sie wohl nicht mit auf sein Zimmer nahm, aber schließlich gibt es immer Leute, die es gern im Wagen treiben, und er war vielleicht einer von denen.

Während ich den Geräuschen lauschte, kam ein größerer Wagen vom Highway herunter und auf mich zu, schaltete dann seine Scheinwerfer ab, als er näher rollte. Ich war auf der Bank nicht zu sehen, stand aber trotzdem auf und stellte mich hinter einen Baum, versteckte mich in dem dunklen Zelt, das seine herunterhängenden Äste bildeten. Über den Bergen erwärmte sich der graue Himmel, wurde rosa, und die Morgendämmerung war nicht mehr weit.

Der Wagen hielt an, und acht Männer stiegen gleichzeitig aus. Große Männer. Sie gingen geradewegs auf die Limousine zu, rissen die hinteren Türen auf und zerrten Tony und Kim ins Freie. Es war hell genug, daß ich sehen konnte, daß Maretta nur ein Hemd trug und die Frau überhaupt nichts, nur ihre Perücke. Tony bekam keine Chance, etwas zu sagen. Es muß ohnehin ein Schock gewesen sein, so in die Kälte gezerrt zu werden, weg von der Wärme eines solchen Körpers. Zwei Männer hielten ihn an den Armen fest, und zwei Männer schlugen mit Fäusten so hart wie Steine auf ihn ein. Dann rissen sie ihn herum und schlugen ihm diesmal in den Magen, er ging zu Boden wie ein Toter.

Unterdessen hatten die vier anderen Männer Kim an Armen und Beinen gepackt und sie hochgehoben. Ihr Körper wand sich in ihrem Griff, aber sie gab keinen Laut von sich, wäre dazu auch nicht imstande gewesen; man hatte ihr den Mund mit dickem schwarzem Klebeband zugeklebt, so daß er wie eine breite klaffende Wunde aussah, so als hätte man ihr die Zunge herausgerissen.

Sie zuckte wieder, und ihre Gliedmaßen wirkten im frühen Morgenlicht silbern, und die Tatsache, daß das Ganze sich lautlos abspielte, ließ ihre Bewegungen wie einen gespenstischen langsamen Tanz erscheinen, den man aus weiter Ferne beobachtet.

Aber diese Grausamkeit reichte noch nicht aus. Jemand packte ihre Perücke und riß sie ihr vom Kopf, und jetzt war nur noch ihr jämmerliches kurzes Haar übrig, das ihr kaum bis zu den Ohren reichte. Die vier Männer rissen sie jetzt hoch und warfen sie mit dem Gesicht nach unten über die Motorhaube des Wagens und hielten sie fest, und jetzt gab sie jede Gegenwehr auf, weil sie wußte, daß sie in der Gewalt dieser Männer, mit gespreizten Beinen und festgehaltenen Armen, nichts mehr tun konnte.

Jetzt zerrten sie Tony auf die Füße, aber er konnte kaum stehen, deshalb hielten sie ihn. Einer der Männer zog ein Messer heraus und schlitzte Tonys Hemd hinten auf, zog es von seinen Armen und warf es auf den Boden. Ein anderer schlug ihn ein paarmal ins Gesicht und trieb ihn näher an Kim heran. Ich blieb reglos hinter meinem Baum, zwanzig Meter entfernt, und wehrte mich, mit aufgerissenen Augen zuzusehen.

Der Mann mit dem Messer beugte sich über Kim und zog die Klinge ein- oder zweimal über ihren Rücken und ihre Pobakken. Wieder versuchte sie sich zu bewegen, schaffte es aber nicht. Sie würden sie jetzt mit dem Messer traktieren, aber ich tat immer noch nichts.

In dem Augenblick flackerte in der Windschutzscheibe des anderen Wagens ein Licht auf, und einer der acht Männer ging hin und reichte ein Telefon heraus. Die Botschaft, worin auch immer sie bestand, war kurz, aber wirksam. Kim wurde losgelassen, blieb auf der Motorhaube der Limousine liegen, und Tony wurde zum Rasen gezerrt und dort zu Boden geworfen. Die Männer stiegen in ihren Wagen, fuhren rückwärts aus der Parkbucht heraus und ebenso schnell und lautlos davon, wie sie gekommen waren. Es war vorbei.

Kim bewegte sich als erste. Sie stemmte sich mit den Armen hoch und riß sich das Klebeband vom Gesicht. Dann holte sie ihre Kleider vom Rücksitz der Limousine und zog sich an. Als sie damit fertig war, sah sie sich nach ihrer Perücke um, fand sie und stülpte sie sich über. Und Tony lag die ganze Zeit auf dem Gras und wand sich vor Schmerzen.

Dann schaffte Kim es, ihn in die Höhe zu ziehen und ihm einen Bademantel über die Schultern zu legen, schließlich gingen sie, sich gegenseitig stützend, langsam auf den Pavillon hinter mir zu, wobei ihr Weg sie im Abstand von nur einem Meter an meinem Baum vorbeiführte. Aber als sie vorübergingen, schob ich mich hinter den Stamm und blieb so für sie unsichtbar. Sie sagten kein Wort, Kim weinte nicht einmal. Kurz darauf waren sie verschwunden, und wieder einen Augenblick später hörte ich, wie eine Tür geschlossen wurde.

Ich war jetzt nüchtern, ganz nüchtern, und trat aus dem Schutz der Dunkelheit hervor. Der Himmel begann Farbe zu bekommen, und ich konnte hören, wie die Tiere sich langsam im Unterholz regten. Die Luft war jetzt nicht mehr so kühl, und der kleine See verlor seinen grauen Schimmer.

Was ich hier miterlebt hatte, hätte ebensogut nie passiert sein können. Ich wußte nur, daß es Wirklichkeit war, weil die Tür der Limousine offenstand und Tonys Hemd immer noch in zwei Stücken auf dem Boden lag. Ich ging hinüber, warf die beiden Hälften in den Wagen und ging davon.

Als ich dann in meinem Zimmer war, sehnte ich mich nach einem Drink, aber dafür war mir zu übel. Meine Hände zitterten. Warum hatte ich zugesehen und nichts getan? Warum hatte ich nicht geschrien oder hatte mich weggeschlichen, um die Polizei anzurufen? War das nur, weil man mich entdecken und selbst hätte verprügeln können? Ich zuckte bei dem bloßen Gedanken daran. Ich hätte das nie ertragen; allein schon die Drohung, mich zu schlagen, ließ mich zusammenzucken.

Aber das war nicht der einzige Grund, nicht einmal der wichtigste. Ich wußte, warum ich nichts unternommen hatte. Wenn die Mexikaner dachten, daß Tony Maretta das Geld hatte, dann war es unwahrscheinlich, daß sie zugleich auch dachten, ich hätte es, und diese Vorstellung war für mich ein großer Trost. Und doch hielt dieser Trost nicht lange an. Wenn die Mexikaner so sicher waren, daß Tony Maretta ihr Mann war, warum in aller Welt hatten sie ihn dann mitten in ihrer Arbeit losgelassen, und was war die Botschaft gewesen, die über Telefon gekommen war?

Das war eine Frage, die es mir wieder eisig über den Rücken jagte, aber ich wußte, daß ich sie nicht beantworten konnte, und es hatte auch gar keinen Sinn, es zu versuchen. Ich zog mich aus, schluckte eine Beruhigungspille und eine halbe Flasche Mineralwasser und rollte mich ins Bett. Irgendwie mußte ich wenigstens ein paar Stunden schlafen, ehe man mich zum Frühstück und für einen weiteren Tag Arbeit wecken würde.

8

Das Telefon bimmelte wie eine Kuhglocke, und eine muntere Frauenstimme wünschte mir einen guten Morgen und erinnerte mich daran, daß ich immer noch Empfänger der Gastfreundschaft des Treetops Hotel war. Ich legte den Hörer auf und starrte verzweifelt zur Decke. Beim Erwachen hatte ich eine Mikrosekunde gesegneter Arglosigkeit genossen, aber der Augenblick darauf hatte das zunichte gemacht, und jetzt kam alles zurückgerast: mein Kater in Gestalt quälender Kopfschmerzen und meine Angst in einem klaren Bild des grausamen Tanzes, dessen Zeuge ich vor nur wenigen Stunden gewesen war.

Ich schwang die Beine aus dem Bett und wartete darauf, daß der Raum sich stabilisierte. Als das geschehen und ich fertig war, stemmte ich mich in aufrechte Haltung und tastete mich vorsichtig ins Badezimmer. Dort angelangt, ließ ich ein Alka-Seltzer in ein Glas kaltes Wasser fallen, trank es aus und trat unter eine brutale Dusche, die ich erst dann wieder verließ, als ich mich annähernd wie ein Mensch fühlte. Was, so fragte ich mich, würde dieser neue Tag bringen?

Doch der Tag selbst brachte sehr wenig, und die Ereignisse, deren Zeuge ich in der vergangenen Nacht gewesen war, hätten nichts als die Überreste eines Traumes sein können. Auf dem Weg zum Restaurant ging ich an der Limousine vorbei und sah hinein. Sie war so sauber, als wäre sie gerade erst von der Gesellschaft ausgeliefert worden. Marettas Hemd war nicht dort, wo ich es hingeworfen hatte, und auch von Kims Habseligkeiten war keine Spur zu sehen – keine Jacke, keine Handtasche. Ich sah mir die Motorhaube an, wo man Kim festgehalten hatte – doch die spiegelnde Politur wies nicht den geringsten Flecken auf. Ich studierte das Gras, wo Tony hingefallen war – nichts. Und beim Frühstück waren weder Tony noch Kim zu sehen.

»Er hat eine Menge zu tun«, erklärte Alex. »Wir werden ihn dann später sehen.«

Die anderen waren so, wie sie am Morgen immer waren. Träge, sie warteten darauf, daß ihr Blut warm würde: Alle lebten still im Inneren ihrer eigenen Köpfe, ohne den leisesten Wunsch, vor Mittag herauszukommen.

Während die anderen noch bei ihren Kaffeetassen saßen, lud ich die Ausrüstung in den Wagen. Dann setzte ich mich hinein und ließ die Türen offen und sah den Eichhörnchen zu, wie jemand, der so etwas noch nie zuvor gesehen hatte. An diesem Morgen sah für mich nichts wirklich aus, fühlte sich nichts wie Wirklichkeit an, nicht das klare Licht des Tages und auch nicht die Erinnerung an die Dinge, die ich gesehen hatte.

Was sollte ich Ernie und den anderen sagen? Sollte ich überhaupt etwas sagen? Oder sollte ich abwarten, was Tony Maretta sagte? Ich konnte natürlich mit Angela sprechen. Sie war die einzige, die das, was ich sagte, vermutlich ernst nehmen würde. Aber was konnte ich ihr sagen? Daß ich zugesehen hatte, wie zwei Menschen gedemütigt wurden, und daß ich nichts getan hatte, um ihnen zu helfen, daß ich zu feige und zu selbstsüchtig gewesen war, auch nur zu schreien oder wegzurennen und Hilfe zu holen? Würde ich imstande sein, solche Feigheit einzugestehen, wo ich doch wußte, daß dazu mehr Mut gehörte, als ich je besessen hatte? Ich klickte mit meinen Zähnen; am besten war wohl, wenn ich mich mit Schweigen tarnte, jenem Schweigen, das die erste und beste Zuflucht von Menschen meiner Art war.

Also arbeitete ich den ganzen Tag über hart und beobachtete meine Umgebung aufmerksam, wenn mir dabei auch nichts Ungewöhnliches auffiel. In dem Maße, wie unser Kater nachließ, stellte sich die normale Stimmung der Filmcrew bei der Arbeit ein, und am Ende begannen alle, sich irgendwie zu entspannen.

Wir hatten eine Cocktailbar irgendwo in Santa Monica in Sichtweite des Ozeans gemietet und verbrachten den ganzen Tag darin mit Innenaufnahmen von Deegan in einer Folge von Situationen, die die Attraktivität der Espionage-Serie zeigen sollte. Wir hatten auch drei ortsansässige Elektriker und ein halbes Dutzend junge Frauen und Männer, sogar einen Mann für Requisiten und ein Make-up-Mädchen. Wir waren ein großer Haufen.

Für mich war es vermutlich ein Glück, daß während des Tages die fremdartige, unrealistische Welt des Films, den wir machten, Realität wurde und daß die reale Welt von Los Angeles draußen, die für mich ohnehin nie besonders real war, anfing, sich von uns zu distanzieren. Die Gefahren, die mich bedrohten, ob es nun echte oder eingebildete waren, schienen im künstlichen Licht unserer Lampen zu verblassen, bis sie zu guter Letzt ganz verschwanden. Selbst beim Mittagessen hielt die Illusion der Sicherheit an, als wir ein sogenanntes »englisches Pub« aufsuchten, wo uns Mädchen mit Akzenten, die in Glasgow und Manchester entstanden waren, »echtes« Ale und Würstchen und Kartoffelpüree brachten.

Ein- oder zweimal hatte ich während der Arbeit halbherzig versucht, mit Angela zu reden, aber sie war ebenso wie ich zu beschäftigt; sie war dauernd auf der Suche nach irgendwelchen Requisiten oder mußte Botengänge für Ronnie erledigen, und ich wechselte ständig Objektive oder lud Magazine nach. Schließlich gab ich das Denken ganz auf, etwas, was mir nicht sonderlich schwerfällt, und schob jede einzelne meiner Ängste aus meinem Bewußtsein.

Das war natürlich keine Antwort. Meine eigene kleine Traumfabrik konnte mich nicht auf Ewigkeit schützen, und es dauerte nicht lange, bis die Aufnahmen beendet waren und ich wieder hinten in unserem großen Wagen saß und auf die Straße hinausstarrte, die an uns vorüberzog. Mir war nur zu bewußt, daß meine Illusion des Wohlbefindens zusehends und schnell verschwand, während wir uns dem Hotel näherten. Die Mexikaner waren auf den Straßen, in der Kirche zum Willen Gottes wartete der Reverend, und bis der zufrieden war, gab es für mich keine Zukunft.

Das Telefon klingelte, während ich unter der Dusche stand, und als ich mich meldete, hörte ich Ronnies Stimme, die mir sagte, daß wir uns vor dem Abendessen alle in Tonys Zimmer treffen sollten. Als ich den Weg von meinem Pavillon aus zwischen den Bäumen und Büschen dorthin entlangschlenderte, schloß Ernie sich mir an.

»Es ist nichts Besonderes«, sagte er, »es geht um diese Mexikaner, die uns in Newport belästigt haben. Scheint, daß sie gestern nacht wiederaufgetaucht sind, aber ich hab sie nicht gesehen. Du etwa?«

Ich antwortete automatisch und schützte mich wie immer dagegen, hineingezogen zu werden. »Nein«, sagte ich, »ich habe die Disco ziemlich früh mit Nick verlassen – wenigstens glaube ich das.«

Tony sah gut aus, an ihm war keine Spur zu entdecken. Er war adrett gekleidet, trug weiße Hosen und ein scharlachrotes Hemd und ein dickes goldenes Gliederarmband am linken Handgelenk. Alex war bereits da, ebenso Nick und Ronnie, und gerade als Ernie und ich zur Tür hineingingen, erschien Angela auf der kleinen Terrasse vor dem Fenster.

Tony reichte uns einen Drink. »Ich will das keineswegs wichtiger machen, als es ist«, begann er, »aber ich hatte mit diesen Typen von Newport Ärger. Sie haben mich diesmal ein wenig verdroschen . . . und Kim haben sie sich auch vorgenommen.«

»Ist sie in Ordnung?« fragte Ernie, und Tony lächelte, legte sein Interesse nur als Geilheit aus.

»Ihr fehlt nichts. Sie ist nach San Diego gefahren. Sie hat dort Freunde.«

»Was hat die Polizei dazu gesagt?«

»Die kann da nicht viel sagen . . . genau wie beim letztenmal. Die meinen, wir sind da irgendwie in eine Auseinandersetzung zwischen rivalisierenden Gangs geraten.«

»Wie können sie uns mit jemand anderem verwechseln, wo wir doch gar nicht hier leben?« Nick blickte verwirrt.

»Wenn wir das wüßten«, antwortete Alex, »würden wir es ihnen ja sagen, oder?«

»Ich denke, die Polizei hat recht«, fuhr Tony fort. »Als diese

Typen nämlich auf mich einschlugen, klingelte plötzlich das Telefon in ihrer Limousine, und dann sind sie einfach abgehauen ... haben mir nicht einmal gesagt, was sie wollten. Mir scheint, daß ihnen jemand zu guter Letzt gesagt hat, daß sie den falschen Baum angebellt haben.«

»Das war Glück«, stellte ich fest.

»Allerdings«, meinte Tony, sah mich dabei aber nicht an. »Was ich eigentlich hervorheben möchte, ist folgendes: Zum einen möchte ich nicht, daß einer von euch sich über das, was passiert ist, zu viele Sorgen macht. Die Polizei meint, daß jetzt alles vorbei ist ... Diese Typen haben herausgefunden, daß sie einen Fehler gemacht haben, und werden uns jetzt in Ruhe lassen. Zum zweiten, und das ist vielleicht wichtiger, möchte ich nicht, daß Deegan sich über das Sorgen macht, was ich euch gerade erzählt habe ... redet also in seiner Gegenwart nicht darüber. Wir haben nur noch vier oder fünf Aufnahmetage, und ich möchte, daß das alles harmonisch zu Ende geht. Wenn diese Espionage-Sache klappt, gibt es noch mehr von der Sorte ... und das könnten wir alle gebrauchen. Okay?«

Darauf nickten wir alle weise. Wir waren es gewöhnt, von Produzenten zu hören, daß es in Zukunft weitere Arbeit geben würde, wenn wir uns anständig benahmen. Aber meine Gedanken waren schon woanders. Es verblüffte mich, wie wenig Tony uns über die Prügel erzählt hatte, die man ihm verpaßt hatte. Er hatte weder geschildert, wie bösartig und massiv der Überfall gewesen war, noch hatte er etwas von der zynischen Grausamkeit gesagt, mit der sie Kim mißhandelt hatten.

Es war natürlich möglich, daß er nur deshalb diskret war, um Deegan nicht zu beunruhigen und damit auch die Leute, die ihn managten. Tony hatte ziemlich sicher die Diamanten des Reverends. Aber wer steckte hinter den Mexikanern? Wer hatte sie von uns zurückgepfiffen? An irgendeinem schönen Tag würde Tony um zehn Millionen Dollar reicher sein, und er konnte dann, wenn er wollte, anfangen, seine eigenen Feature-Filme zu drehen. Wunderschön für ihn natürlich, aber nicht für mich.

Als wir unsere Drinks getrunken hatten und die Zusammenkunft beendet war, schlenderten wir auf die Veranda hinaus und von dort quer über den Rasen zum Restaurant. Ich blieb ein Stückchen zurück und wartete auf Angela, die ihrerseits sozusagen die Nachhut bildete.

»Meinst du, ich sollte der Polizei etwas von den Diamanten sagen?« fragte ich sie. »Ich meine, die sind doch der Grund, daß die Mexikaner Tony verprügelt haben, da bin ich ganz sicher. Ich denke, die Bullen sollten das wissen. Ich denke, ich sollte ihnen auch das mit dem Reverend sagen, oder nicht?«

Angela blieb stehen und sah mich an. Sie war größer als ich.

»Ich glaube nicht, daß der Reverend es sehr schätzen würde, wenn du seine Angelegenheit mit der Polizei von Los Angeles besprichst«, antwortete sie.

»Er könnte böse werden?«

»Er könnte sehr böse werden. In dieser Stadt ist es ganz in Ordnung, den Mund aufzureißen, um sich selbst ein wenig Publicity zu verschaffen. Aber in solchen Dingen, Del, zahlt es sich aus, das zu tun, was einem gesagt wird, und den Kopf hübsch einzuziehen, sonst könnte es nämlich passieren, daß er einem abgeschossen wird. Tu dasselbe wie ich. Tu deine tägliche Arbeit und sonst nichts. Halte die Ohren offen, und laß es dabei.«

»Aber ich bin sicher, daß Tony sie hat, ganz sicher. Warum knöpft ihn sich der Reverend nicht vor?«

»Wie zum Teufel soll ich das wissen? Ich bin ein Farmmädchen aus Iowa. Nach allem, was ich weiß, und trotz allem, was du sagst, könntest du sie doch selbst haben.«

»Sag das nicht!« Ich spürte förmlich, wie ich blaß wurde. »Wenn die Mexikaner auch nur einen Hauch davon hören, bin ich mausetot.«

Angela nickte, wenn auch keineswegs beruhigend. »Dann tu, was ich gesagt habe. In ein paar Tagen sitzt du wieder in deinem Flugzeug.«

»Der Reverend sagt, daß ich hier nicht wegkomme, bis er seine Diamanten hat.«

»Das ist hart«, meinte Angela, »aber wenn du die Wahrheit sagst, bist du okay. Wenn nicht, dann ist das eine andere Geschichte, wirklich eine ganz andere Geschichte.«

Wir gingen weiter und dabei auch quer über den Parkplatz vor dem Restaurant. Dort entdeckte ich Ronnie, der mit ein paar Männern redete, die mit verschränkten Armen an einem Polizeiwagen lehnten. Wieder verlangsamte ich meine Schritte und ließ Angela den Vortritt ins Restaurant. Dann machte ich kehrt und ging in Richtung auf Pavillon sieben, als hätte ich etwas vergessen. Ich hatte mich entschieden. Angelas Rat zum Trotz mußte ich das, was ich wußte, einfach jemandem mitteilen.

Ich ging langsam an dem Polizeiwagen vorbei, und in dem Augenblick lachte Ronnie mit den zwei Männern, verabschiedete sich und ging ins Hotel. Ich machte sofort auf dem Absatz kehrt.

»Sind Sie Polizeibeamte?«

»Mhm«, machte einer der Männer. Er hatte breite Schultern und einen ziemlich ausgeprägten Bauch. Er trug einen Revolver an einem Gürtel, und hinter ihm im Wageninneren war eine Schrotflinte am Armaturenbrett befestigt. »Ich bin Lieutenant Hackenbowne.« Er blickte auf mich herab.

»Ich habe den Vorfall gestern nacht gesehen«, erklärte ich, »oder besser gesagt, am frühen Morgen.« Meine Sprache fing zu stolpern an, und ich konnte hören, wie wenig überzeugend ich wirkte. »Es war ziemlich scheußlich. Die haben die Frau nackt ausgezogen. Ich bin sicher, daß sie sie vergewaltigen wollten, aber dann kam dieser Anruf ... im Wagen.«

Hackenbowne verschränkte die Arme vor der Brust und lehnte sich an den Wagen. Er wirkte recht behäbig, nickte und sagte nichts. Meine Stimme trocknete förmlich aus, und er wartete eine Weile, ehe er etwas erwiderte.

»Ja?« fragte er. »Würden Sie einen dieser Männer erkennen?«

»Nein«, antwortete ich, »dazu war ich zu weit weg.«

»Wir haben eine volle Aussage, glauben Sie mir«, sagte Hakkenbowne. »Ich glaube nicht, daß Sie da irgend etwas hinzufügen können.«

Ich mochte Hackenbowne nicht. Er war groß und stark, schwarzhaarig und rotgesichtig. Er hatte schon alles gesehen: Mord, Vergewaltigung, Verstümmelung, Rauschgiftsucht, Erpressung und was es sonst auf diesem Gebiet so alles gab. Ein kleiner vierzigjähriger Kameraassistent mit ziemlich verunsicherter Stimme, frisch aus England importiert, beeindruckte ihn überhaupt nicht. Er fuhr fort zu reden, und seine Stimme triefte vor Langeweile.

»Die Beschreibung, die man uns geliefert hat, ist jedenfalls einen Scheißdreck wert, und die Frau hat die Stadt verlassen und will keine Anzeige machen. Ich hab so das dumpfe Gefühl, daß wir da nicht viel machen können. Und wenn wir sie finden, dann können Sie darauf wetten, daß es hundert Mütter geben wird, die heilige Eide schwören, daß diese Boys die ganze Nacht zu Hause waren und Karten gespielt und getrunken haben.«

Ich atmete tief durch. »Ich glaube, die sind auf der Suche nach irgendwelchen Diamanten und meinen, daß wir sie haben . . . Diamanten im Wert von zehn Millionen.« Als ich das sagte, wußte ich, daß es ein Fehler war. Selbst in meinen eigenen Ohren klang das hysterisch.

Hackenbowne verschränkte die Arme andersherum und sah seinen Begleiter unter seinen dunklen Augenbrauen heraus an.

»Zehn Millionen Dollar. Wie denn?«

»Ich war in der Kirche zum Willen Gottes, und ein Mann, den man den Reverend nennt, sagte mir, er hätte soviel verloren. Er war überzeugt, daß einer von uns darüber Bescheid wüßte . . . deshalb interessieren sich die Mexikaner für uns. In London ist ein Mann ums Leben gekommen, kurz bevor wir abreisten . . .«

»Ein Mann in London ums Leben gekommen!« Hackenbowne schüttelte ungläubig den Kopf. »Was Sie nicht sagen.«

Darauf grinste Hackenbownes Kollege, ging vorn um den Wagen herum und öffnete die Tür auf der anderen Seite. Er rutschte hinter das Steuer und schaltete den Motor ein. Hackenbowne richtete sich zu seiner ganzen Größe auf und lächelte. »Sie sind ein privilegierter Mann«, sagte er. »Ich bin noch nie jemandem begegnet, der den Reverend persönlich zu Gesicht bekommen hat. Noch nie, obwohl ich weiß, daß einige meiner Leute seiner Kirche angehören . . .« Hackenbowne ließ den Satz ein oder zwei Sekunden wie im Feuer hängen. »Er tut eine Menge guter Werke . . . Er hat ein Krankenhaus für Junkies und ein Dorf irgendwo draußen in den Bergen. Diamanten, sagen Sie. Ich werde mich ganz sicher darum kümmern. Es wäre mir gar nicht recht, wenn der Reverend etwas verlieren würde . . . wirklich gar nicht recht.«

Ich schluckte und hob halbherzig die Hand wie eine alte Frau, die versucht, sich ein Taxi zu rufen. »Ich habe Ihnen das vertraulich gesagt. Sie wissen schon, nur für den Fall, daß es für Sie nützlich ist.«

Hackenbowne nickte verständnisvoll. »Aber sicher«, sagte er, »machen Sie sich keine Sorgen. Ich werd es keiner Menschenseele sagen. Vielen Dank auch.« Damit öffnete er die Tür hinter sich und faltete sich auf seinen Sitz. Der Wagen setzte zurück, quetschte sich dann mit zu weichen Reifen über die Stolperschwellen und rollte dann die Zufahrt zum Highway hinunter.

Ich blickte ihm nach und verfluchte mich selbst mehrere Male. Angela hatte recht gehabt. Ich hätte den Mund halten sollen – jetzt war ich vorlaut gewesen, und nur Gott allein wußte, was daraus entstehen würde.

9

»Ich hab sie heute morgen bei der Arbeit angerufen«, sagte Nick, »aber sie war nicht da, also hab ich ihrer Zimmerkollegin eine Nachricht hinterlassen.«

»Welcher Zimmerkollegin?« fragte ich. Wir hatten acht Stunden in Santa Monica gefilmt, und als wir zurückfuhren, waren Nick und ich als erste in der Bar vom Treetops Hotel angelangt.

Ich hatte den ganzen Tag über kaum etwas gesagt, weil ich darüber beunruhigt war, daß ich Hackenbowne gegenüber so offen gewesen war, aber schließlich war der Tag ohne Zwischenfälle verstrichen, und ich hatte mich etwas beruhigt. Abgesehen von Kellnern und Gärtnern hatte ich keine Mexikaner gesehen, und es hatte auch weit und breit keine Spur des Reverends oder seiner Helfer gegeben. Vielleicht war alles vorbei, vielleicht waren die Diamanten auf irgendeine andere unerwartete Weise aufgetaucht. Es war sogar möglich, daß das, was ich der Polizei gesagt hatte, alle ins Unterholz zurückgescheucht hatte. In Los Angeles war nichts überraschend.

»Die Bedienung«, antwortete Nick, »die hübsche mit dem Wasserbett.«

»Oh, die mit dem Wasserbett. Ich dachte, sie hätte gesagt, du wärst zu alt.«

»Nun, einen weiteren Versuch ist es ja wert.«

»Wann gehst du mit ihr aus?«

»Heute abend, wenn ich den großen Wagen kriege. Sie ist unten in Balboa auf irgendeiner Yacht. Ihre Zimmerkollegin hat gesagt, sie würde heute nachmittag zurückkommen.«

»Ich wünschte, ich wäre als Frau zur Welt gekommen«, sagte ich. »Stell dir vor, Liebe, Sex, wann immer dir danach ist, das reinste Paradies.«

»Du hättest doch nicht etwa eine häßliche Frau sein wollen, oder?«

»Natürlich nicht – eine gutaussehende.«

»Nun, du bist ja nicht gerade ein besonders gutaussehender Typ, oder? Was für eine gute Fee, meinst du wohl, wird dieses Wunder für dich tun? Dich aus einem häßlichen Burschen in eine schöne Frau verwandeln? Die müßte sich ganz schön abmühen, so als müßte sie den Panamakanal ausheben.«

Ich starrte in den Spiegel hinter der Bar und fragte mich zum hundertstenmal, wie anders mein Leben wohl hätte sein können, wenn ich mit den Gesichtszügen eines Tony Maretta oder eines David Deegan bedacht worden wäre. Aber es hatte wenig Sinn, darüber nachzudenken.

»Laß uns doch heute abend alleine ausgehen«, schlug ich vor. »Zum Beispiel in dieses Kino, wo all die Stars ihre Hände und Füße in den nassen Zement drücken.«

»Ich habe Tony schon für alle Fälle um den Wagen gebeten.«

»Warum rufst du Wasserbett denn nicht in Balboa an? Frag sie, ob sie zurückkommt. Wenn wir nicht bald abhauen, hängen wir wieder den ganzen Abend mit den anderen zusammen. Ich möchte mal wieder andere Gesichter um mich sehen.«

»Ich ruf ihre Zimmerkollegin an und laß mir die Nummer geben, okay?« Er ging zum Telefon, es dauerte nicht lange, und Angela kam herein und setzte sich neben mich.

»Magst du einen Drink?« fragte ich sie. »Nick ist telefonieren gegangen.«

»Ich hab ihn gesehen. Er ruft diese Bedienung an, oder? Damit vergeudet er seine Zeit. Diese Mädchen werden die ganze Zeit von allen möglichen Typen eingeladen.«

»Ein Popo aus Gold«, sagte ich. »Ich wünschte, ich wäre als Frau zur Welt gekommen.«

»Das bezweifle ich«, antwortete Angela, als ihr Drink kam. »Zuallererst müßtest du dann die Männer ertragen.«

»Magst du diese Stadt?«

»Nun, sie verschafft einem jedenfalls eine Perspektive. Ja, ich mag sie.«

»Wirklich?« fragte Ernie. Er war gewaschen und umgezogen

und hatte sich gerade neben uns auf dem Barhocker nieder-
gelassen.

»Hallo«, sagte Angela, »wie geht's, Ernie?«

»Müde. Der nächste, der das Wort Espionage erwähnt, wird
kastriert . . . Und falls du es bist, muß ich mir etwas anderes
einfallen lassen.«

Der Barmann, ein Mexikaner, den ich bis jetzt noch nicht zu
Gesicht bekommen hatte, lehnte hinter dem Tresen. Sein
Hemd war bis zum Nabel offen, und seine braune Haut war
mit gekräuseltem schwarzem Haar bedeckt. Er machte Ernie
einen Drink und schrieb ihn auf unsere Rechnung.

»Nick und ich wollen heute abend mit einem der Wagen wegfahren«, sagte ich. »Vielleicht uns dieses Kino ansehen.«

»Es gibt unzählige Möglichkeiten«, meinte Angela. »Was
habt ihr denn im Sinn?«

»Keine Ahnung. Darum frage ich ja.«

»Ich habe Maretta mit dem großen Wagen wegfahren sehen«,
sagte Ernie feixend. »Der Himmel weiß, wo die Limousine
ist.«

»Alex ist weggefahren, um jemanden zu holen«, sagte Angela. »Er bringt sie zum Abendessen hierher.«

»Wo kann man denn nur hinfahren?« fuhr Ernie fort. »Am
Ende sitzt man ja doch wieder in einem Restaurant wie dieses
hier.«

»Bloß um einmal andere Gesichter zu sehen, sonst gar nichts.
Bloß deswegen.«

Nick kam vom Telefon zurück. »Möchte jemand noch einen
Drink?« fragte er.

»Hast du sie gesprochen?«

»Nur wieder ihre Zimmerkollegin, aber da war eine Nachricht.«

»Ich dachte, sie wäre auf dem Boot.«

»Ist sie auch. Aber diese Millionäre haben alle Radiotelefon.«

Angela rutschte von ihrem Hocker und verließ den Raum.

»Sie kommt erst morgen zurück.«

»Angela?«

»Nein, Wasserbett.«

»Dann können wir also ausgehen?«

»Ja, wir müssen nur warten, bis Alex zurückkommt.«

Damit mußte ich mich zufriedengeben. Ich stellte mein leeres Glas hin, und während ich das tat, betrat Ronnie den Raum und kam auf uns zu.

»Kann ich euch Mädchen zu einem Drink einladen?« fragte er.

»Wo ist Deegan?«

»Sein Manager ist heute eingetroffen ... Barry Keeling ... Die beiden haben einiges zu bereden ...« Ronnie begann auf der Theke Rechnungen abzuzeichnen, und dann tauchte eine neue Runde für uns auf. »Was soll ich Angela bestellen?«

»Nur eine Cola.« Angela setzte sich wieder auf ihren Hocker. Sie hatte ein Feuerzeug und ein Päckchen Marlboros in der Hand. Ihr Gesicht strahlte jetzt, die Müdigkeit des Tages war verflogen.

»Willst du heute mit Nick ausgehen?« fragte Ronnie. »Wißt ihr etwas Nettes?«

»Ich würde gern zu dem Kino fahren, wo diese Abdrücke im Zement sind«, schlug ich erneut vor. »Ich würde zu Hause gern sagen, daß ich dort einen Film gesehen habe.«

»Das ist eine gute Idee«, sagte Ronnie. »Vielleicht sollten wir alle hinfahren, um einmal Tapetenwechsel zu haben.«

Wir schwiegen eine Weile. Zwei Kellner gingen durch den Raum, und ich musterte sie argwöhnisch. Plötzlich beugte Ernie sich vor, schob sein Gesicht mitten in unsere Gruppe, ganz weit unten, etwa auf der Höhe, wo wir unsere Gläser hielten.

»Seht euch diese vier Männer an, die gerade reingekommen sind«, flüsterte er.

Langsam drehten unsere Köpfe sich herum wie Schafe.

»Herrgott!«

Ich holte tief Luft, verängstigt von dem, was ich sah. Die vier Männer waren so groß, daß sie sich bewegten, als wären sie die Schwerkraft nicht gewohnt. Jedesmal, wenn einer ihrer

Füße nach vorne schwang, war das, als hinge ein Mühlstein daran. Ihre Hände waren so groß wie Schubkarren, und ihre Gliedmaßen wie Granitblöcke.

»Hübsch leise bleiben«, empfahl Angela. »Mit solchen Burschen legt man sich nicht an.«

»Hast du sie schon einmal gesehen?«

»Yeah, in jedem Staat Amerikas.«

Die vier Männer ignorierten uns völlig. Sosehr wir sie auch alle anstarrten, sie hatten sich nicht die Mühe gemacht, uns zur Kenntnis zu nehmen. Der Barkeeper ging auf sie zu, lächelte und hielt dann seine Hände auf die Theke. Der Anführer der vier Männer sagte sofort etwas, und der Barkeeper deutete mit einer Kopfbewegung, in der mehr Beflissenheit war, als ich sie in der ganzen Zeit meiner Anwesenheit im Treetops erlebt hatte, in unsere Richtung, und dann sah uns der Anführer an.

Sein Gesicht, stellte ich fest, entsprach in den Proportionen dem Rest seines Körpers, mit anderen Worten, es war so groß, daß es überhaupt keine Möglichkeit zu geben schien, es zu einer Einheit zusammenzufügen. Ich studierte ein Ohr, einen Nasenflügel, einen Mund, eine massiv wirkende Welle in seinem Haar und seine Augen, aber so angestrengt ich ihn auch anstarrte, konnte ich doch nicht das ganze Gesicht in meinem Gehirn erfassen. Es war, als hätte ich plötzlich die Fähigkeit verloren, in drei Dimensionen zu suchen.

Der Mann kam die Bar entlang und stützte sich dabei immer wieder mit den Fingerknöcheln darauf ab. Seine Begleiter vergruben ihre Hände in den Taschen und standen da, ohne sich zu bewegen. Sie bestellten sich keine Drinks, sie setzten sich nicht, und sie redeten nicht mit dem Barkeeper.

»Wer führt diese Filmcrew?« fragte der Mann. Seine Stimme war nicht laut, aber sie vibrierte auf eine Art und Weise, daß ich dachte, meine Zähne säßen locker. Er war gewohnt, sich durchzusetzen, und dies seit langer Zeit.

Einen Augenblick lang herrschte Stille, während wir alle einander ansahen. Im strengen Sinn war Tony der Leiter der Einheit, aber er war nicht zugegen. Wir hörten auf, einander anzusehen, und sahen Ronnie an.

»Ich bin der Produktionsleiter«, antwortete er. »Der Produzent ist nicht hier.«

»Sie sind unterbesetzt«, sagte der Mann. »Ich leite die Zweigstelle hier, und Sie müssen drei zusätzliche Männer einstellen, damit es reicht.«

»Unterbesetzt«, wiederholte Ronnie und tat so, als würde er über die bloße Vorstellung lachen. »Das ist lächerlich. Wir haben für das, was wir hier tun, genau die richtige Mannschaft. Wir haben das mit unserer Gewerkschaft abgeklärt, ehe wir England verließen.«

»Zur Hölle mit Ihrer Gewerkschaft«, sagte der Mann. »Das ist dort drüben. Und dies hier ist hier, und wenn Sie hier sind, sagen wir Ihnen, ob Sie vollbesetzt sind oder nicht, und das sind Sie nicht. Das ist alles, was dazu zu sagen ist. Sie brauchen einen weiteren Mann an der Kamera, wenigstens einen zusätzlichen für den Ton und einen Standfotografen . . . Dieses Mädchen ist nicht in der Gewerkschaft.«

»Einen Standfotografen«, sagte Ronnie und hob die Augenbrauen und schüttelte den Kopf. Man konnte merken, wie ihm von innen heraus warm wurde, und das trotz der Klimaanlage, und er tat mir leid. »Damit wird mein Produzent nicht einverstanden sein. Das können wir uns nicht leisten.«

»Dann kann es sich Ihr Produzent nicht leisten, hier zu filmen«, stellte der Mann fest. »Sie werden in diesem Staat keinen Fuß Film mehr aufnehmen und auch in keinem anderen Staat. Sie können Ihre Koffer packen und heimfliegen.«

»Wovon reden Sie?« Das war Alex. Er war zu uns getreten, ohne daß wir es bemerkt hatten. Die Frau, die er mitgebracht hatte, stand ein oder zwei Meter von uns entfernt an der Bar.

»Er sagt, daß wir unterbesetzt sind«, meinte Ronnie. »Er ist ein Gewerkschaftsfunktionär.«

»Ein Gewerkschaftsfunktionär«, sagte Alex. »Woher wissen wir das?«

Die Hand des Mannes griff in sein Jackett, brachte eine Karte zum Vorschein, zeigte sie und steckte sie wieder weg.

»Sie vergeuden Ihre Zeit«, sagte Alex. »Wir haben eine rein britische Crew, unsere Gewerkschaft hat uns die Freigabe erteilt, und das ist alles, worauf es für uns ankommt.« Alex plusterte sich vor der Frau auf, aber er war auch sehr tapfer.

»Sie sind der Produzent?«

»Der Regisseur.«

»Nun, ich will Ihnen sagen, was ich schon einmal gesagt habe, ehe Sie hier auftauchten. Ich bin Leiter des Gewerkschaftsbüros hier, soweit das Sie betrifft steht fest, daß Sie unterbesetzt sind. Den Rest Ihrer Zeit hier nehmen Sie drei von unseren Männern, einen an der Kamera, einen für den Ton und einen für die Standaufnahmen ... Ich gebe mir Mühe, das hier auf die nette Tour zu machen. Ich könnte Sie diese Leute für die ganze Zeit zahlen lassen, die Sie bereits hier sind.«

»Einen Standfotografen!« Alex hatte seine Stimme jetzt erhoben, er schrie förmlich. »Sie müssen verrückt sein. Wenn Sie nicht hier verschwinden, ruf ich die Polizei.«

Ich sah zu Angela hinüber, aber die hatte sich abgewandt, blickte jetzt auf die Bar und hielt den Kopf in beiden Händen, starrte in ihr Glas.

Der Mann schüttelte den Kopf. »Polizei! Was ist denn mit Ihnen los? Ich versuche das hier wirklich auf die nette Tour zu machen, weil Sie aus England kommen und vielleicht nicht verstehen, wie das hier bei uns läuft.«

»Ich will jetzt nicht mehr darüber reden«, sagte Alex, was sehr britisch klang. »Gehen Sie einfach.«

Das war der Augenblick, in dem der Mann aufhörte, höflich zu sein, und Alex vorn am Jackett packte und es ganz sachte mit einer mächtigen Pranke zerknüllte. »Sie müssen irgendwie high sein. Wovon bloß? Kokain? Ich sage es Ihnen jetzt das letztemal. Morgen werden hier drei Mitglieder meiner

Gewerkschaft sein und mit Ihren Leuten zusammenarbeiten. Und Sie werden sie bezahlen, und zwar für die Zeit, die Sie hier sind. Sie kennen die Sätze. Wenn Sie das nicht tun, werden Sie Ihren Film nicht zu Ende drehen. Er wird nicht entwickelt werden, und ihre Ausrüstung wird ins Meer fallen.«

»Sie können mich bedrohen, soviel Sie wollen«, erwiderte Alex. Sein Jackett war jetzt ganz fest zusammengeknüllt, und obwohl er mit den Armen um sich schlug, konnte er nichts tun. Keiner von uns machte irgendeinen Versuch, ihn zu befreien.

Der Mann schüttelte erneut den Kopf, sein Erstaunen war echt. Er ließ Alex los und sah ihm zu, wie er sein zerknülltes Jackett glättete. Während er ihn dabei beobachtete, wurde sein Gesicht ernster, so als hätte er vorher nur Spaß gemacht. »Okay«, begann er und seufzte, »ich will es Ihnen noch einmal sagen. Wenn Sie nicht tun, was ich sage, dann bringen Sie es so weit, daß Sie in einen Freeway einbetoniert werden . . . Verstehen Sie wenigstens das? Kein Film, keine Ausrüstung, keine Crew, kein Regisseur.«

Nun herrschte Schweigen, bis Angela in das Schweigen hinein zu reden begann. Ich hatte darauf gewartet, daß sie das tun würde. »Ich denke, ihr solltet besser tun, was der Mann sagt.« Sie veränderte dabei ihre Haltung nicht und stützte den Kopf immer noch auf die Hände.

Alex war zornig, sehr zornig. Er war außerstande, etwas zu tun, und wir würden ihm nicht helfen. Er zitterte am ganzen Leib. Er sah uns an, und dann stieß er, entmutigt, weil er nicht die geringste Chance hatte, ihm weh zu tun, den Mann gegen die Brust und ging weg.

Dem Mann gefiel das nicht, und er hob die Hand, um Alex festzuhalten. Aber Ronnie, den eine unvernünftige Aufwallung von Altruismus überkommen hatte, packte den Mann am Arm und zerrte daran. »Ganz ruhig«, sagte er, »lassen Sie das.«

Wieder huschte ein Ausdruck der Verblüffung über das Gesicht des Mannes. Er packte Ronnie mit einer Hand, schüttelte ihn, als wäre er alles, was von einem abgehäuteten Kaninchen übriggeblieben war, und schlug ihm dann zweimal ins Gesicht, links, recht, ziemlich kräftig. Als er das getan hatte, ließ er Ronnie auf den Teppich fallen und ging ganz langsam in Richtung Ausgang, wobei er uns alle mit einer fast beiläufigen Handbewegung wegschob.

Wieder herrschte Stille. Diesmal eine schreckliche Stille, die nach Schock und Angst roch. Alex stand reglos neben der Frau, die er mitgebracht hatte. Angela saß an der Bar, zeigte immer noch nicht ihr Gesicht, und wir anderen warteten im Halbkreis. Die vier Gewerkschaftsfunktionäre schlenderten hinaus, und wir sahen zu, wie Ronnie sich auf dem Boden zusammenkrümmte, ein winziger Ball aus Schmerz und Scham.

Als die Männer durch die Tür verschwanden, bewegte Angela sich endlich, kniete neben Ronnie nieder und betupfte ihm die Stirn mit Eiswasser aus einem Krug. Sie benutzte dazu ihr Taschentuch. Wir kauerten neben ihr. Ronnies Gesicht sah aus wie ein leeres Haus.

»Ist etwas gebrochen?«

Ronnies rechtes Auge fing bereits an anzuschwellen; ebenso das linke. Seine Haut war an einigen Stellen aufgeplatzt; er blutete aus der Nase.

»Jesus«, sagte Ernie, »sollen wir einen Arzt rufen?«

Wir waren Ronnie beim Aufstehen behilflich und setzten ihn auf einen Barhocker.

»O Gott«, meinte er, »wo ist mein Drink?«

»Gebt ihm doch einen Brandy.«

Ich musterte die Gruppe Menschen um uns herum. Alle hatten sich aus ihrer Apathie gelöst. Wir waren alle zornig, erregt, und in allen wallte das Blut.

Alex wandte sich zu Angela. »Diese Schweinehunde«, sagte er, »was hab ich denn getan?«

»Ihr solltet das tun, was der Mann gesagt hat«, antwortete sie. »Ihr habt nur noch drei oder vier Tage. Das wird nicht so viel kosten. Er hat recht, ihr könnt von Glück reden, daß er euch nicht auch für die vergangenen zehn Tage zahlen läßt.«

Das Telefon auf der Bartheke klingelte, und der Barkeeper erhob sich hinter der Bar, wo er geduckt abgewartet hatte, und nahm den Hörer ab. Er sprach ein paar Sätze und reichte den Hörer dann Nick.

»Wir dürfen uns davon nicht unterkriegen lassen«, sagte Ronnie tapfer, »und wir dürfen Deegan nicht beunruhigen. Denkt daran . . . das ist nur ein kleiner Ärger mit der Gewerkschaft.« Er versuchte zu lächeln, obwohl Angela ihm ein feuchtes Tuch über das Gesicht hielt. »Laßt uns alle einen Drink nehmen.«

»So ist's richtig!« sagte Alex und legte den Arm um seine neue Frau. »Wir werden Champagner trinken . . . He, Barmann! Drei Flaschen Champagner und ein rohes Steak für das Auge meines Freundes.«

»Geht in Ordnung«, antwortete der Mexikaner, »kommt sofort.«

Ich stand neben Ernie und stellte überrascht fest, daß sein Gesicht gerötet war. Er wirkte instabil wie eine Bombe, die jeden Augenblick explodieren muß.

»Weißt du«, flüsterte er, so daß nur ich ihn hören konnte, »weißt du, da gibt es einen Zeitpunkt, ein- oder zweimal im Leben, wo man sich wünscht, wirklich an die Kraft des Gebets glauben zu können, echte Kraft, daß man beten möchte, so wie Samson gebetet hat. Nur einen Augenblick, in dem man sich wünscht, wieder jung zu sein und stärker als jeder andere auf der Erde, stark genug, um einen ganzen verdammten Tempel einzureißen, nur um dieses Gewerkschaftsschwein zu packen und ihm die Wirbelsäule zu knakken, einfach übers Knie. Dafür würd ich jetzt eine ganze Menge geben, eine ganze Menge.«

»Ja«, stimmte ich zu. »Ich denke, es wäre nett, Superman zu sein. Stell dir vor, einfach durch die Wand zu fliegen, mit den Fäusten vor dir, und sie alle vier wegzuputzen, einen nach dem anderen. Paff! Wumm! Peng! Aber das läuft nicht, Ernie.

Eine Maus bleibt eine Maus. Wegducken und Mäuschen spielen, das ist das Motto meiner Familie. So steht's auf unserem Familienwappen.«

Nick legte den Hörer auf und kam um die Bar herum. »Das war wieder dieses dämliche Wasserbett. Jetzt kommt sie morgen auch nicht. Sie bleibt auf dem beschissenen Boot.«

»Ist ja Klasse, dann können wir jetzt endlich gehen.«

Alex rief so laut, daß alle in der Bar es hören konnten: »Heute abend gibt es ein spezielles Dinner. Zu Ronnies Ehren. Champagner für alle.«

»Ja«, sagte Angela und nahm das Steak von dem Teller, den der Barmann ihr gegeben hatte, und drückte es Ronnie auf das Auge.

Alex kam auf mich zu und gab mir die Wagenschlüssel. »Hier«, sagte er, »wenn du sie haben willst.« Der Schlüsselbund lag in meiner Hand.

»He!« meinte Ernie. »Heut abend dürft ihr nicht weg. Wir müssen doch zu Ronnie halten, oder?«

»Was soll das?« fragte ich. Nick starrte die Theke an und wirkte irgendwie verwirrt. »Ich hab gesagt, wie wär's, wenn wir heute abend weggehen?«

»Oh . . . ich weiß nicht. Ich bin jetzt irgendwie nicht mehr scharf drauf. Und außerdem denk ich, daß wir mit den anderen essen sollten. Wirklich, nach all dem, was passiert ist.«

Ich schob Alex die Schlüssel wieder hin. »Dann behältst sie besser du. Nick und ich werden dann wahrscheinlich morgen abend den Wagen brauchen.«

»Ja«, sagte Nick, »das ist eine gute Idee, wir können es immer noch morgen machen. Morgen ist es besser.«

»Richtig«, pflichtete Ronnie bei, »wir könnten ja alle gehen.«

10

Trotz des Champagnerdinners fingen wir am nächsten Morgen ziemlich früh mit der Arbeit an und stellten die Szenen in der Cocktailbar vor dem Mittagessen fertig. Anschließend beschlossen Alex und Tony, Angela mitzunehmen und sich ein paar Drehorte bei Venice Beach anzusehen.

»Ihr könnt euch den restlichen Nachmittag freinehmen«, sagte sie, »wir sehen uns dann heute abend wieder auf der Ranch.«

Sofort nachdem ich auf meinem Zimmer im Treetops eingetroffen war, stellte ich die Aufnahmen zusammen und schickte sie mit dem Boten in die Umkehranstalt. Als das getan war, duschte ich und schlenderte dann wieder zwischen den Bäumen zum Hotel hinüber und suchte im Empfangsbereich nach Ernie.

»Probieren Sie's doch im Golfclub«, sagte die Empfangsangestellte, als wir sie baten, uns ein Lokal vorzuschlagen, das nicht gar so düster wie unsere übliche Bar war. Sie hatte ein von der Sonne ausgemergeltes Gesicht, wärmte sich aber in der kühlen, klimatisierten Empfangshalle mit einem elektrischen Heizstrahler.

»Sie könnten sich ja wärmer anziehen«, sagte ich.

Sie rieb sich die Gänsehaut an ihren Unterarmen. »Die machen es hier drinnen so kalt, die sind verrückt.«

»Das sind sie wirklich«, sagte Ernie.

Draußen ließ ich mir von der Sonne die Haut aufwärmen. Wir standen auf einer Art Terrasse, und nicht weit von uns war eine Ecke des von Palmen gesäumten Sees. Rings um uns war die Szenerie ordentlich und diszipliniert, und eine Reihe stummer Mexikaner fegten wie Gestalten in einem Kindergartenlied Fichtennadeln von den mit Ziegelsteinen eingefaßten Fußwegen. Enten und Erpel beobachteten uns aus den Büschen.

Wir entschieden uns für einen Weg, der hinter dem Restaurant etwas in die Tiefe führte, und folgten dem Ufer des Sees.

Hier sahen wir weitere Enten, die quakend Brot verlangten, das wir nicht hatten. Wir schlenderten weiter, überquerten dabei eine rustikale Brücke aus Beton, die braun angestrichen war, damit die Träger echt wirkten. Hasen hoppelten vor uns davon.

»Die warten alle darauf, daß sie von Walt Disney entdeckt werden«, sagte Ernie.

»Was hältst du von dieser Gewerkschaftsgeschichte?« fragte ich, und Ernie zuckte die Achseln.

»Ich hab es Ronnie auch gesagt«, antwortete er. »Tony hat geglaubt, er könnte damit durchkommen, aber das ging nicht. Das läuft hier draußen nicht. Angela hat schon recht gehabt. Dieser Typ von der Gewerkschaft hat uns noch mit einem blauen Auge davonkommen lassen. Es hätte eine ganze Menge mehr kosten können.«

»Diese drei Typen, die sie heute geschickt haben, haben keinen Finger krummgemacht. Die saßen bloß draußen in ihrem Wagen und haben die Sportberichte gelesen.«

»Nun, es gab ja nichts für sie zu tun. Die waren ja eigentlich ganz nett.«

Wir überquerten die Tennisplätze, und jetzt stieg das Gelände in leichten Hügeln, natürlich künstlicher Herkunft, an. Hier und da waren bunte Wimpel zu sehen, um die einzelnen Löcher zu markieren. Eine Gruppe dunkler Bäume lehnte sich gegen einen emailfarbenen Himmel, der in zerbrechlich blasses Blau gebrannt war. Ich trat auf einen Golfball und bückte mich, um ihn aufzuheben. »Ace Quality« las ich in gotischer Schrift.

»Ein Freund von mir hat seinen Hund dazu abgerichtet, diese Dinger in Wimbledon aufzuspüren. Er macht ein Vermögen damit, sie wieder zu verkaufen.« Ich ließ den Ball einmal auf dem Plattenweg aufhüpfen und steckte ihn dann in die Tasche. »Den nehm ich für die Kinder mit nach Hause. Ich hab' schon sechs.«

Ein vierrädriger Golfkarren wuchs aus dem höchsten Punkt des nächsten Hügels heraus, fuhr den Abhang hinunter und fegte elektrisch an uns vorbei. Auf dem Karren saßen zwei alte und zwei junge Männer mit Golfschlägern, Baseballmützen und in Bermudashorts. Sie schwebten stetig weiter, in aufrechter Haltung sitzend, den Tennisplätzen entgegen.

»Sie kommen hierher, um sich Bewegung zu verschaffen, und dann fahren sie überallhin«, sagte Ernie.

»Vielleicht ist es wegen der frischen Luft.«

Ernie lachte auf eine Weise, die eigentlich gar kein Lachen war. »Frische Luft in Los Angeles – du machst wohl Witze. Du hättest sehen sollen, was ich heute morgen herausgehustet habe. Das sah aus wie Linsensuppe.«

Wir erreichten das Clubhaus und stiegen ein paar Stufen zu einer Porch hinauf. Hier fanden wir einige Sessel und Stühle aus Bambus, aber sie waren leer. Alle Spieler waren drinnen in der Kälte. Wir gingen um die Veranda herum, stießen eine Eingangstür auf und gingen in die Bar. Vier Männer saßen in einer Ecke und spielten Karten. Zwei oder drei weitere hatten sich auf Barhocker drapiert und redeten mit dem Barmann, der Gläser polierte, so wie sie es in den Filmen immer tun.

»Er wartet auch auf Walt Disney«, sagte Ernie. »Zwei Bier.«

»Sind Sie Australier?« fragte der Mann hinter der Bar.

»Nur wenn ich betrunken bin«, sagte ich.

Ernie bezahlte das Bier, und ich nahm die zwei Gläser und trug sie zur Tür hinaus. Schließlich wollte ich nicht erfrieren. Wir saßen da und nippten. »Ah«, sagte ich. Die vier Männer, die in dem Golfkarren an uns vorbeigefahren waren, waren jetzt abgestiegen und suchten ihren Ball mehr oder weniger an der Stelle, wo ich ihn aufgehoben hatte. Ich holte ihn aus der Tasche und legte ihn auf den Tisch.

»Jetzt hast du ihnen ihren Tag versaut«, sagte Ernie, als wäre das das Beste, was ich seit dem Verlassen Englands getan hatte.

»Wie geht's Ronnie?«

»Schon in Ordnung. Er hat es sich am Pool bequem gemacht. Zwei wunderschöne Veilchen.«

»Ein netter Kerl . . . Er wollte ja nur verhindern, daß es noch mehr Ärger gibt.«

Dann verstummten wir. Es reichte schon, in der Sonne zu sitzen. Ein beständiges flip, flip, flip war zu hören, von einem Rasensprenger, der im Kreis herumhüpfte. Die Golfwagen summten von hier nach dort und von dort nach hier und zerschnitten die Landschaft. Hier und da schlenderten riesige Frauen in mittleren Jahren in kurzen Faltenröcken über die Veranda. Ihre genagelten Schuhe knirschten dabei auf dem Beton, und ihre breiten Schenkel wirkten feucht und gesprenkelt, wie Corned beef frisch aus der Dose.

Ich leerte mein gefrorenes Bier. »Dieses Zeug ist scheußlich.«

Ernie leerte das seine ebenfalls und stand auf. »Noch eins?«

»Yeah, warum nicht, schadet ja nicht.«

Als Ernie gegangen war, streckte ich die Beine aus und starrte zum Himmel. In dem Augenblick tauchte wieder ein Golfwagen auf, hob sich langsam vom Boden, gerade als lebte er am Ende eines langen Teleobjektivs. Andere stiegen auf dieselbe planmäßige Art dahinter auf. Mir gefiel das nicht, und damit hatte ich auch recht. Meine Stimmung sank. Der Frieden hatte zu lange gedauert. Jetzt konnte ich einige von den Golfwagen sehen, eine kleine Flotte von fünf, winzig und scheinbar harmlos, aber ihre Insassen waren keine Golfer, es waren große Männer, die sich Mühe gaben, so zu wirken, als fühlten sie sich in ihren winzigen Transportmitteln wohl. Sie saßen aufrecht da, in ihre gutgeschnittenen dunkelblauen Anzüge gekleidet. Der Reverend selbst trug einen rehbraunen Anzug, ein rehbraunes Hemd und dazu eine dunkelbraune Krawatte.

Lautlos kam die Flotte zum Stehen, und der Reverend stieg aus und kam leichtfüßig die Treppe zur Veranda herauf. Er bewegte sich mit derselben Grazie, die mir schon vorher an ihm aufgefallen war; er war groß und kräftig und mit immenser physischer Kraft erfüllt, die um so stärker wirkte, weil sie von den unwiderstehlichen Sehnen seines Bewußtseins so

leicht gezügelt wurde. Er war wie eines jener ewigen Bilder
aus der Traumfabrik: Er besaß die Qualität, aus der man Stars
macht im Übermaß, und er trug sie wie einen Mantel.

Nun stiegen auch seine Meßdiener aus und streckten die
Glieder. Drei von ihnen kamen ebenfalls die Treppe herauf
und bauten sich am Eingang zur Bar auf, die Hände fromm
vor dem Leib gefaltet. Die übrigen standen in kleinen Grüpp-
chen herum und redeten, bewachten aber dabei die ganze
Zeit den Golfkurs mit scharfem Blick. Der Reverend ließ sich
in dem Sessel mir gegenüber nieder, beugte sich vor und verschränkte die Finger der einen Hand in die der anderen.

»Schön, Sie wiederzusehen«, begann er. »Man hat mir gesagt, daß Sie in drei oder vier Tagen mit Ihrer Filmarbeit fertig sein werden. Ich dachte, ich komme mal vorbei, um zu
sehen, wie es Ihnen geht . . . und was Sie zu sagen haben.«

Zweieinhalb Tage lang hatte ich mich entspannter Normalität
erfreut. Ich hatte mein letztes Zusammentreffen mit dem Reverend ganz in den Hintergrund meines Bewußtseins geschoben und hatte im künstlichen Licht der Cocktailbar in
Santa Monica und in der Hitze harter Arbeit die Mexikaner
und den Mann mir gegenüber vergessen. Die Sache mit den
Gewerkschaftsfunktionären war unangenehm gewesen, aber
sie hatte mich zugleich an den Rand geschoben, an einen Ort,
wo ich ganz natürlich weiter hingehörte. Jetzt fiel all das, was
mich so trügerisch beruhigt hatte, von mir ab, und ich fühlte
mich aufs neue der Gefahr ausgesetzt. Ich schluckte und erinnerte mich an Angelas Worte: »Sag die Wahrheit und ver-
halte dich ganz normal.« Schließlich war der Reverend ein
Mann der Religion; er mußte mir am Ende glauben.

»Wir haben die letzten Tage sehr hart gearbeitet«, sagte ich.
»Und dann hatten wir Ärger mit der Gewerkschaft.« Ernie
war jetzt seit etwa zehn Minuten weg, und ich begann ihn zu
vermissen. Ich drehte mich in meinem Sessel etwas zur Seite,
und in dem Augenblick kam er durch die Tür. Er hielt in jeder
Hand ein Glas, und sein Gesicht zeigte ein seltenes Lächeln
von Geselligkeit. Ich wunderte mich über das Lächeln, bis ich

sah, daß ihm jemand folgte. Ernie hatte an der Bar Freundschaft geschlossen und seinen Fang mitgebracht. Die Helfer des Reverends sahen ihren Herrn und Gebieter fragend an, aber der lächelte nur, und Ernie und sein neuer Freund kamen auf den Tisch zu.

»Hallo«, sagte der Mann und hob beide Hände in Schulterhöhe, »Tag allerseits.«

»Setz dich, Bob«, sagte Ernie. Er sah den Reverend an und erkannte in halb. »Sind wir uns nicht neulich begegnet?«

Der Reverend nickte und lächelte. »Ich bin gekommen, um mit Ihrem Freund über die Arbeit meiner Kirche zu sprechen. Ich glaube, er ist dazu ausersehen, uns zu helfen. Ich hoffe, es macht Ihnen nichts aus?«

»Ganz und gar nicht«, sagte Ernie und strahlte vergnügt. »Del schadet ein wenig christlicher Zuspruch ganz sicher nicht. Ich werd mich mit Bob unterhalten.«

Bob nahm neben Ernie auf der anderen Seite des Tisches Platz und grinste am ganzen Körper. »Nett, Sie kennenzulernen«, sagte er, und ich sah zu, wie er das Licht mit der Aufschrift »Ehrlichkeit« in jenem Teil seines Bewußtseins auslöschte. »Bob Laverbee, Artisan Film Productions aus Thousand Oaks.« Er deutete mit einem stolzen Daumen auf seine Brust. »Produzent.«

Der Reverend starrte Laverbee an, machte Bestandsaufnahme – dünne Arme, knollige Gelenke, kurzgeschnittenes silbernes Haar, gemeines Gesicht, schmaler Schädel – und warf ihn wieder weg. Dann wandte er sich wieder mir zu und hatte damit Ernie und Laverbee aus seinen Überlegungen entlassen.

»Die Gewerkschaftsleute sind zu Ihrem Schutz da«, sagte er. Er senkte die Stimme, obwohl es immer noch dieselbe wie vorher war – warm und feucht und mit kräftigen Tentakeln. »Das ist so gelaufen, weil ich nicht möchte, daß jemand diese Männer für den Augenblick mit mir in Verbindung bringt. Sonst wäre ihr Leben in Gefahr.«

»Schutz?«

»Ja. Mir hat dieser Zwischenfall neulich nachts nicht gefallen, als Ihr Produzent verprügelt wurde. Aber es steckt mehr dahinter. Ich sehe mich gezwungen, meine Interessen zu schützen, verstehen Sie, in diesem Fall Sie . . . Wie ich schon einmal erwähnte, würden diejenigen, die die Mexikaner angeheuert haben, weil sie mir Schaden zufügen wollen, jeden töten, von dem sie argwöhnen, er könnte vielleicht wissen, wo die Diamanten sind, oder genauer gesagt, wenn sie zu der Meinung gelangten, der Betreffende würde ihnen nicht alles sagen, was er weiß. Selbst wenn das bedeutete, daß die Diamanten für immer verloren sind.«

Laverbee strahlte so, daß es den ganzen Tisch erfaßte. Er besaß offenbar die Fähigkeit, ein warmes Lächeln stundenlang festzuhalten, und mußte dafür besondere Muskeln entwickelt haben. »Ich schreibe auch«, hörte ich ihn Ernie erklären, »in Wirklichkeit habe ich mich darauf mehr spezialisiert als auf die Produktion . . . aber man muß ja schließlich im Filmgeschäft flexibel sein.« Er rutschte auf seinem Stuhl herum, als wollte er seinen After zur Inspektion vorbereiten. »Was für ein Budget habt ihr denn? Falls meine Frage nichts ausmacht.« »Ziemlich groß«, sagte Ernie, und ich sah das Dollarzeichen in Laverbees Pupillen auftauchen.

Ich sah wieder den Reverend an. Sein steinerner Blick hatte mich nicht losgelassen. »Ich weiß wirklich nicht, was das alles soll«, sagte ich mit der ehrlichsten Stimme, die mir zur Verfügung stand. »Ich bin nur ein Kameraassistent, der zu Aufnahmen hierhergekommen ist. Mehr nicht. Sie kriegen alles, was Sie sehen.«

Der Reverend lehnte sich in seinem Stuhl zurück. »Ich bin nicht unzivilisiert«, sagte er, »aber ich bin entschlossen, mich durchzusetzen. Ich bin auch kein gewalttätiger Mensch, werde aber um meiner Kirche willen alles tun. Wenn Sie mir beweisen können, daß Sie nicht in die Angelegenheit involviert sind, werde ich selbstverständlich andere Möglichkeiten prüfen. Aber meine Informationen – und davon gibt es eine ganze Menge – weisen auf Sie. Nichtsdestoweniger werde ich mein Urteil noch ein oder zwei Tage in der Schwebe lassen; das ist mir so ganz recht. Soviel Zeit sollen Sie noch haben. Danach werden wir ernsthaft sprechen müssen. Sehen Sie, wir haben uns in der Kirche darauf vorbereitet, einen großen Schritt nach vorne zu tun, und meine Feinde wissen das. Sie wissen auch, daß jener große Schritt nach vorne dann getan werden wird, wenn ich im Besitz dieses Geldes bin, und dann werde ich unangreifbar sein.«

»Ja, aber sie könnten mich töten.«

»Sie tun nie etwas irrtümlich. Jedenfalls werden sie ein paar Tage ruhig sein. Ich habe sie aus dem Gleichgewicht gebracht. Man hat ihnen gesagt, daß ich die Diamanten bereits durch einen anderen Kurier erhalten habe. Ihr Produzent und seine Dame hatten Glück. Die Botschaft traf genau im richtigen Augenblick für sie ein.«

»Von Ihnen?«

»Deshalb gingen jene Männer. Wenn ich einmal die Diamanten habe, dann gibt es für sie andere Prioritäten, zum Beispiel die, am Leben zu bleiben.«

»Sie meinen, Sie würden sie töten?«

»Sie nutzen es aus, daß ich anderweitig beschäftigt bin. Aber in Kürze werde ich das nicht mehr sein.«

»War es deshalb ruhig?«

»Ja, aber das wird nicht mehr lange andauern. Sie werden bald feststellen, daß ich mit ihnen gespielt habe.«

»Die alten Tage sind vorbei«, sagte Laverbee auf der anderen Tischseite zu Ernie. »Die interessieren sich nicht mehr für eine echte Story oder ein echtes Talent. Fünfundzwanzig Fortsetzungen für *Rocky*, solange nur noch Profit damit zu machen ist.«

»Ich habe neulich meine Frau angerufen«, sagte ich. »Man ist in mein Haus eingebrochen, und zwei fremde Männer haben sich nach mir erkundigt.«

»Ich weiß«, sagte der Reverend. »Ich habe einige meiner Männer nach London geschickt, damit sie sich der Sache annehmen.«

»Hassan Sabor«, sagte ich, aber ich sagte es nicht laut.

»Ich meine«, fuhr Laverbee fort, »die interessieren sich mehr dafür, daß die Leute sich ihr Studio ansehen, als daß sie Filme darin machen.«

»Vielleicht haben die Mexikaner die Diamanten bereits. Vielleicht sind sie deshalb ruhig geworden.«

Der Reverend schüttelte den Kopf. »Das glaube ich nicht«, antwortete er. »Ich habe einen Informanten in ihrer Mitte. Man hat sie davon überzeugt, daß Ihr Produzent die Diamanten hatte ... und zwar weil die Person, die die Diamanten wirklich hat, eine falsche Spur gelegt hat.«

Meine Kehle verengte sich.

»Man hat Sie dabei belauscht, wie Sie mit dem Mädchen am Swimmingpool sprachen. Später haben Sie zuviel getrunken und etwas zu einem Kellner gesagt. Wenn die Mexikaner wiederauftauchen, werden sie ärgerlich sein, und ärgerliche Leute neigen zu Gewalttätigkeiten. Ich werde möglicherweise nicht in der Lage sein, Sie die ganze Zeit zu beschützen, weder vor den Mexikanern noch vor den Erfordernissen meiner eigenen Lage. Es könnte sein, daß mein kleines Krankenhaus in Kürze der einzige sichere Ort für Sie ist.«

Ernie und Laverbee setzten ihre Unterhaltung fort. Die Düse des Rasensprengers drehte sich pausenlos im Kreis, und mir war danach, vor Angst zu kreischen, aber irgendwie brachte ich es fertig, es nicht zu tun. Die Gefolgsleute des Reverends warteten geduldig, und hier und da hallte ein kurzer trockener Schlag, mit dem ein Golfball über das Feld geschlagen wurde, über die grasbestandenen Hügel.

Ernie stand auf und sammelte die Gläser ein und lehnte sich dabei über den Tisch. »Ich hole Bier«, sagte er.

Der Reverend machte sich nicht einmal die Mühe, ihn anzusehen, aber Laverbee nickte und ich auch, und Ernie ging davon.

»Er ist wirklich ein netter Kerl«, sagte Laverbee und erhob seine Stimme dabei etwas. »Kennen Sie ihn schon lange?«

»Einige Jahre.«

Laverbee schüttelte verwundert den Kopf, als wäre meine Freundschaft mit Ernie etwas zu strahlend Schönes, um auch nur darüber nachzudenken. »Ich bin hierhergekommen, um mich mit jemandem zum Mittagessen zu treffen«, fuhr er fort und feixte dabei vertraulich, wie um anzudeuten, sich mit Menschen zum Mittagessen zu treffen, wäre eine gesellschaftlich akzeptable sexuelle Perversion, über die Männer untereinander prahlen können.

Ernie kam mit dem Bier zurück und stellte eines vor mich hin. Laverbee drehte sich zu Ernie herum und setzte das Gespräch fort.

»In der Story geht es um einen Mann, der sein Leben außerhalb des Gesetzes verbracht hat und zerbricht, als seine Frau stirbt. Als dann einige Jahre später wegen seiner Trunksucht ein Junge ums Leben kommt, als ein großer Silbertransport geraubt wird, bringt ihn das in die Realität zurück. Dieser zerbrochene Mann kehrt schließlich zu dem Indianerstamm zurück, der ihm einmal das Leben gerettet hatte und in dem er aufgewachsen war ... und dort wird er wieder der Mann, der er vorher war. Anschließend macht er sich mit einem indianischen Begleiter, der zugleich ein Feind ist – man beachte die nette Ironie –, auf den Pfad der Rache auf und entdeckt aufs neue das Land, das er einmal geliebt hat – den Westen –, den Westen, aus dem Amerika werden sollte.«

»Meine Kirche«, sagte der Reverend, »arbeitet in der Welt, um aus ihr einen besseren Ort voll besserer Menschen zu machen, und nichts darf sich zwischen uns und jenes Ziel stellen. Ich wünsche wirklich nicht, daß Sie zu Schaden kommen, Sie oder sonst jemand, aber meine Kirche ist tausend Leute wie Sie wert. Meine Kirche wird mit diesem Geld Gutes tun ... meine Feinde werden nichts als nur Böses tun.«

»Meinst du, ich könnte diesen Arschlöchern bei Universal diese Story verkaufen? Nicht einmal als Geschenk würden sie sie annehmen. ›Der Western ist tot‹, sagten sie die ganze Zeit. Ich sag dir, dieser verdammte Cimino und sein *Heaven's-Gate*-Film, der hat dem Western für die nächsten zwanzig Jahre den Garaus gemacht. Vierzig Millionen Dollar hat der Film gekostet, doch was soll's?« Laverbee spreizte beide Hände zum Himmel, als erwartete er, es müsse jeden Augenblick ein unterschriebener Vertrag herunterfallen.

Der Reverend beugte sich zu mir herüber, um leise sprechen zu können. »Ich habe viel zu tun, und die Zeit ist knapp.«

»Dieses verschwundene Geld«, fragte ich, »woher stammt es denn ursprünglich?«

»Schenkungen, gefolgt von klugen Investitionen, die gleichzeitig auch die Sache der Kirche gefördert haben. Geld, das so oft das Instrument des Teufels ist, hat statt dessen Gotteswerk getan.«

»Also werd ich ihn wohl selbst produzieren müssen«, sagte Laverbee, »und ich bin beinahe soweit. Den größten Teil des Kapitals habe ich bereits. Ich habe Auslandsgeld, verrücktes Geld, und Ölgeld auch. Jetzt brauche ich nur noch eine Viertelmillion für die Sicherheit, die die Versicherungsgesellschaften haben wollen. Meinen Regisseur habe ich bereits, und meinen Star ... nein, das darf ich dir nicht sagen. Du kennst ja dieses Geschäft – es ist unmöglich, in Hollywood ein Geheimnis zu bewahren. Das reinste Dorf ist das hier.«

Der Reverend warf seinen drei Männern an der Tür einen Blick zu, und sie kamen auf ihn zu. Dann sah er wieder mich an – ein Blick, der Absolution gewährte. »Ich möchte nicht, daß Sie sich Sorgen machen«, sagte er. »Ein oder zwei Tage wird noch Ruhe sein. Seit unserem letzten Zusammentreffen haben wir gebetet, und die Zukunft ist klarer geworden. Ich weiß durchaus zu schätzen, daß Gott auf irgendeine geheimnisvolle Art durch Sie wirkt. Ich weiß auch zu schätzen, daß Sie das Ganze recht kühl sehen, glauben Sie mir, das bewundere ich, aber am Ende werden Sie zu mir kommen müssen. Ich bin der Mann, und in dieser Stadt gibt es sonst niemanden.«

Mit diesen Worten erhob sich der Reverend und ging davon, nahm seinen Zauber mit, und ich fühlte, daß ich in dem Augenblick, in dem er gegangen war, kleiner geworden war. Ich kauerte mich in meinem Stuhl zusammen und sah zu, wie seine Flotte von Golfwagen über den nächsten Hügelkamm entschwand.

Der Reverend hatte all meine schlafenden Ängste geweckt. Im Gegensatz zu seiner Vision der unmittelbaren Zukunft würde ich die Diamanten nicht haben, wenn er sie erwartete, und würde nicht imstande sein, sie ihm zu überreichen. Ich begann darüber nachzudenken, was dann passieren würde, und in meinem Bewußtsein entstand ein Bild des Junkies, der im Hospital seiner Kirche auf dem Boden lag. In ein paar Wochen konnte das sehr wohl auch mein Schicksal sein.

»Ich will mich wirklich nicht mit türkischem Geld einlassen«, erklärte Laverbee, »obwohl die Szenerie dort draußen großartig ist. Wenn es nach mir geht, werde ich die Aufnahmen in Arizona machen, wo die Story sich auch zugetragen hat.«

»Ist das ein gewerkschaftsfreier Staat?« fragte Ernie. »Wir hatten hier einigen Ärger mit der Gewerkschaft.«

»Ich kann in Arizona filmen, kein Problem.«

»Zweihundertfünfzigtausend Dollar«, sagte Ernie versonnen, als ginge es nur darum, einmal schnell zur Bank zu gehen. »Wie bald kann ich ein Drehbuch sehen?«

Die Tür der Veranda öffnete sich, und der Barkeeper stand da, gutaussehend, lächelnd. »Telefon, Mr. Laverbee.«

Laverbee sprang auf und lächelte wieder mit seinem ganzen Körper. »Ich muß jetzt los«, sagte er. »War super, Ernie. Ich werd das Drehbuch am Empfang abgeben.« Er zog eine Karte aus der Tasche. »Da ist meine Nummer. Ruf mich an, wenn ihr nicht dreht, dann geh'n wir einmal zusammen abends weg, okay?« Plötzlich versteifte sich sein Arm über dem Tisch, und seine Hand zielte wie ein Bajonett am Ende eines Sturmgewehrs auf mich, und ich schüttelte sie. Dann ließ Bob Laverbee noch einmal jenes Lächeln aufblitzen, das irgendwie aus sich heraus zu leben schien, winkte uns zu und verschwand in der Bar.

»Ernie«, sagte ich, »dieser religiöse Typ hier, dieser Reverend, er meint, ich hätte das, wonach die Mexikaner in

Newport gesucht haben. Diamanten, Ernie, Diamanten. Ich habe Angst. Ich will hier weg.«

Ernie schüttelte den Kopf in einer oberflächlichen Geste von Mitgefühl. »Ich weiß«, sagte er, »diese ganze Stadt ist verrückt, aber ich denke, mein Typ war noch verrückter als dein Typ. Ich hab bloß gesagt, wir würden hier einen Film machen, und schon hat er mich für einen großen Produzenten gehalten. Er möchte, daß ich eine Viertelmillion Dollar in einen Western investiere, den er sich ausgedacht hat und der *Seth Hanna* heißen soll. Diese ganze Stadt spinnt. Ich werd selbst froh sein, wenn ich wieder im Flugzeug sitze, das kannst du mir glauben.«

11

Sobald Angela am Abend von Venice Beach zurückgekommen war, nahm ich sie mit auf mein Zimmer und schenkte ihr dort einen Drink ein. Wir saßen auf der kleinen Terrasse und sahen zu, wie die Schatten der Bäume länger wurden.

»Der Reverend hat mich heute aufgesucht, es war drüben im Golfclub. Er denkt immer noch, ich hätte diese Diamanten, und diese Leute von der Gewerkschaft . . . Er hat gesagt, die wären da, um mich vor den Mexikanern zu beschützen.«

»Er ist sehr gründlich, der Reverend«, sagte Angela, »sehr gründlich.«

»Das mag wohl sein, aber wenn ich Schutz brauche, dann will ich nicht hier sein, um beschützt zu werden. Ich will nach Hause.«

»Hast du Geld?«

»Nicht viel. Ich werde erst bezahlt, wenn ich wieder in England bin. Ich habe mein Flugticket und eine Kreditkarte.«

»Du würdest nicht durch den Flughafen kommen, man würde dich ganz sicher entdecken. Du müßtest das Hotel verlassen, ohne gesehen zu werden, und einen Bus nach San

Francisco nehmen und von dort abfliegen. Das könnte gehen ... Aber, Del, wenn der Reverend glaubt, daß du das hast, was er will, dann gibt es für dich keinen Ort auf der Welt, an dem du vor ihm sicher bist.«

»Und die Mexikaner. Wenn sie herausfinden, daß der Reverend mich für den Betreffenden hält, dann stecke ich wirklich im Schlamassel. Was kann ich tun?«

Angela rieb meine Hand. »Ich hab es dir ja gesagt. Den Kopf einziehen. Diese Diamanten tauchen möglicherweise von selbst auf. Du hast zwei Tage, sagst du? Bleib ruhig, tu deine Arbeit, sprich mit niemandem darüber, und ich versuche mir etwas einfallen zu lassen, um dich aus der Stadt hinauszuschaffen. Laß nicht zu, daß sie einen Flüchtling aus dir machen.«

Angela konnte so etwas leicht sagen, aber ein Flüchtling war genau das, was ich sein wollte. In dieser Nacht dachte ich trotz ihrer Ratschläge ernsthaft daran zu verschwinden. Ich fing sogar an, einen Koffer zu packen. Aber es gehört Mut dazu, wegzulaufen. Es erfordert Mumm, die behagliche Umgebung eines Hotelzimmers zu verlassen, auf die Terrasse zu treten und auf den unbeleuchteten Golfplatz zuzugehen.

Auf der anderen Seite der am nächsten stehenden Bäume lag das dunkle Land der Republik, streckte sich dreitausend Meilen weit unter dem Himmel – ein wildes Land, immer noch von wilden Stämmen bewohnt, die mir auflauerten. Und so saß ich, anstatt abzuhauen, in meinem Lehnsessel und trank zuviel. Verängstigt und unbeweglich und unschlüssig blieb ich, wo ich war, schlief schlecht, stand am nächsten Morgen auf und fuhr nach dem Frühstück zahm und mißtrauisch mit den anderen nach Venice Beach.

»Orson Welles hat in Venice Beach einen Film gedreht«, sagte Alex, während wir so dahinfuhren.

Ich fuhr in der Limousine. Alex und Tony saßen vorn; Ronnie, dessen Blutergüsse im Gesicht jetzt etwas zurückgegangen waren, saß neben mir. Deegan war in Angelas Wagen mitgefahren, und die anderen fuhren im großen Wagen. Es hatte sich einfach so ergeben.

»Er spielte damals häufig in Wildwestfilmen, und sie riefen Charlton Heston an. Universal meine ich. ›Heston‹, sagte sie, ›hätten Sie Lust, mit Orson Welles einen Film zu machen?‹

›Ich spiele in jedem Film mit, in dem Orson die Regie hat‹, hatte er geantwortet.

›Regie!‹ sagten sie. ›Zum Teufel!‹ Also riefen sie Orson wieder an und sagten: ›He, Orson, hätten Sie Lust, die Regie in diesem Film mit Heston zu übernehmen? Nur, es gibt keine zusätzliche Gage.‹

›Na klar‹, sagte Orson, ›schickt mir einfach das Drehbuch, dann schreib ich es für euch um.‹ Und das tat er. So macht man Filme. Er hat in Brüssel einen Preis bekommen und ist in Paris zwei Jahre gelaufen, aber das Studio war sauer.«

Tony, der am Steuer saß, bog vom Hollywood Freeway in die Highland Avenue. Hinter uns kamen die drei Gewerkschaftler in ihrem eigenen Wagen nach.

»Zahlen wir für ihren Transport auch?« fragte ich.

»Ja«, sagte Tony, »auch für ihre Mahlzeiten.«

»Es war ein guter Film«, meinte Ronnie. »Ich hab ihn im Fernsehen gesehen. Marlene Dietrich und Joseph Calleia spielten mit, erinnert ihr euch? Er hat in *The Glass Key* mitgespielt.«

»Nie gehört«, dachte Tony laut. »Und von dem Film auch nicht.«

»Eine Schande«, sagte Alex und starrte zum Fenster hinaus auf das leere Pflaster. »In Venice ging's damals wild her, massenhaft Wermutbrüder.«

»Ist immer noch ziemlich verrückt«, sagte Tony. »Maler, Dichter, Aussteiger, Junkies ... Und all die Touristen kommen, um sie sich anzusehen ... Und alle lassen sich treiben, jeder auf seine Art.«

»Was ist dran an diesem Venice Beach?«

»Nun, die Leute zieht es eben hin. Sie sagen, in Venice gibt es jeden Tag einen Mord.«

»Das ist nett«, stellte ich fest. »Wann?«

Tony Maretta hielt an, und wir stiegen in der Morgensonne aus. Ich stand einen Augenblick da, verwirrt von den grellen Farben und der Anwesenheit von Tausenden von Menschen. Es war, als hätten die verlassenen Boulevards Amerikas ihre Geister hierhergeschickt, damit sie gehen und spielen konnten. Die Straße, in der wir geparkt hatten, war voller unterschiedlicher Töne, voll Gewalt und Stärke.

Eine Negerin, größer als irgendeiner von uns, raste auf Rollschuhen vorbei. Sie bremste, drehte eine Pirouette, die Hände in die Hüften gestützt, und musterte uns. Sie trug eine Lederjacke und darunter ein Trikot, sonst nichts. Sie drehte eine zweite Pirouette und glitt wieder davon.

»Was drehen wir denn?«

»Keine Ahnung«, sagte Ernie. »Was uns so vor die Linse kommt. Deegan sucht jemanden, aber wir wissen nicht, wen. Das wird dann alles montiert. Einfach Atmosphäre und Bruchstücke.«

Ich nickte, ging zurück und holte die Ausrüstung aus dem Wagen heraus. Die drei Leute von der Gewerkschaft schlenderten von ihrem Wagen herüber und sahen mir bei der Arbeit zu.

»Hallo«, sagte ich. Es machte mir nichts aus, daß sie zusahen; sie vermittelten mir ein Gefühl der Sicherheit. Sie schienen menschlicher als die Figuren des Reverends, weniger monolithisch.

Der Kameramann hieß Benny Webb; er hatte, seit er zu uns gestoßen war, keine Kamera angefaßt, die unsere nicht und seine auch nicht. Dann war da Joe Lavon – ein Standaufnahmenmann, der noch keine einzige Standaufnahme gemacht hatte – und zuletzt ein schmächtiger sogenannter Toningenieur, der keinen Recorder bei sich hatte. Er war älter als seine Kollegen, mit einem Gesicht mit ebenso vielen Sprüngen wie ein Ölgemälde. Wenn er redete, kratzte sein Speichel an seinen Zähnen, als hätte er den Mund voller Reißnägel. Er hieß Ermal Thruman und sah etwa so freundlich aus wie eine Rolle Stacheldraht. Trotz der kalifornischen Sonne trug er immer ein Jackett und Hosen aus schwerem Tweed, und das Jackett beulte sich immer aus, und man hatte den Eindruck, als steckte in einer der Taschen etwas Schweres, vielleicht eine Pistole.

Ernie kam herüber und sah uns vier an. »Bring bloß ein paar Reservemagazine mit«, sagte er, »und eine Reservebatterie. Das Stativ brauchen wir nicht.«

Wir gingen als Gruppe zur Ecke, und die Straße, die parallel zum Ufer verlief, weitete sich zur Rechten und zur Linken aus, war lauter und überfüllter als die Straße, die wir gerade verließen. Das Meer war jetzt in der Nähe, aber der Strand war unter braunen Körpern und grellbunten Sonnenschirmen nicht zu sehen. Die Sonne schien hart und heiß. Reihen von Häusern, aus Ziegeln gebaut und hübsch, waren der See zugewandt. Davor am Strand gab es Bänke und kleine Pavillons. Vor mir saßen zwei junge Frauen, die sich umarmt hielten und den Lärm ausschlossen und im Kreis ihrer Arme Ruhe schufen. Sie küßten sich.

Ich eilte hinter Ernie und den anderen her. Er hatte die Kamera jetzt auf der Schulter, und ich trug einen Beutel mit den Reservemagazinen und hatte eine Batterie am Gürtel. Außerdem trug ich den Objektivkoffer und die Klappe.

»Laß uns alle dicht beieinanderbleiben«, sagte er und nahm die Klappe. »Ich nehme das jetzt. Du siehst aus wie ein Weihnachtsbaum.«

Wir gingen in südlicher Richtung. Die Straße war von Ständen gesäumt, und Deegan blieb an jedem einzelnen stehen, redete mit Leuten, stellte Fragen und blickte in die Menge.

Die Sonne brannte herunter, und der Schweiß kroch mir in die Augen und ließ sie brennen. Ich blinzelte und versuchte alles gleichzeitig in mich aufzunehmen: Radfahrer, Rollschuhfahrer und Jogger. Auf den Terrassen der Cafés saßen Leute und unterhielten sich. Betrunkene taumelten herum und starrten uns an, und andere, die anderes Gift nahmen, saßen in stillen Winkeln und blickten nach innen und untersuchten das, was sie dort sahen.

Eine kleine Gruppe Neugieriger folgte uns überallhin, und diese Gruppe – Weiße, Schwarze, Chinesen, Mexikaner, Afrikaner und Araber – machte die drei Leute von der Gewerkschaft nervös. Das war ein Ort, den sie nicht gewohnt waren und den sie auch nicht mochten, und sie wirkten, als warteten sie darauf, daß etwas passierte oder daß jemand kam. Hier und da schüttelte Ermal, der verzweifelte Toningenieur, den Kopf, wenn er mir die Klappe reichte.

»Die Gegend hier macht mich nervös«, sagte er. »Sie wimmelt von Spinnern – Kubaner und so. Man weiß nie, was die plötzlich tun. Und Junkies ... alle high. Man sollte sie einfangen und sie Mann für Mann in die Gaskammer schicken.« Aber die anderen spürten die Spannung nicht, unter der er stand. Sie hatten großen Spaß, und so drehten wir weiter: Bodybuilder, Tänzer, Leute, die anderen die Gesichter bemalten, Wahrsager und einen Mann, der in einem Karton lebte und für Geld Lieder sang. Drei Stunden ging das so, bis der Spaß vorbei war und wir gereizt und müde waren. Und dann machten wir schließlich Schluß, weil kein Film mehr da war. Wir gingen zu unseren Wagen zurück, und ich verstaute die Ausrüstung, und Joe und Benny lächelten erleichtert, und Ermal gab mir die Klappe zurück.

»Das ist wirklich ein verrückter Ort«, sagte er, als hätte er sich nach einem Leben der Überlegung zu diesem Urteil durchgerungen. »Weißt du, manchmal fällt es mir schwer zu begreifen, daß das dort unten mein eigenes Land ist.« Seine Stimme klang traurig, als schämte er sich für das, was Venice Beach war, und versuchte sich dafür zu entschuldigen.

Ich knallte die Hecktür zu, und wir überquerten die Straße und schlossen uns den anderen am Strand an, saßen zusammen auf einer niedrigen Mauer, aßen Hamburger und tranken das Bier, das Ronnie für uns bestellt hatte. Die Menschenmenge promenierte immer noch vorbei, aber wir waren jetzt ein Teil von ihr, denn unsere Arbeit war getan und die Kamera verstaut.

Wie wir so dasaßen, hörten wir ein leichtes metallisches

Klingeln aus der Nähe, und plötzlich sprang aus der Menschenmenge ein junger Mann vor uns. Er trug eine Gitarre und war ganz in Grün gekleidet, wie ein Hofnarr, mit goldenen Schuhen, die vorne hochgeringelt waren. Sein Jackett war auf Taille geschnitten und mit silbernem Faden bestickt. Es war ganz steif, weil Hunderte von winzigen Glöckchen daran festgenäht waren.

»He, Leute«, schrie er, »ich hab überall gesucht. Daß ihr euch ja nicht von der Stelle rührt, ehe ihr den alten Jingles gehört habt.«

»Ach, Scheiße«, sagte Ermal. »Wieder so ein verdammter Spinner.«

»Ich bin kein Spinner«, sagte Jingles. »Wirklich. Weiter nach Westen geht's gar nicht, Bruder. Noch ein Stück weiter, und du ertrinkst.«

»Tausend Dank«, erwiderte Ermal und trank aus seiner Bierdose.

Jingles ging auf die Mauer zu, kauerte sich nieder und sah uns der Reihe nach an.

»Habt ihr gewußt«, sagte er schließlich, »daß die Stämme wieder da sind? Habt ihr das gewußt? Ihr habt geglaubt, ihr hättet all die verdammten Rothäute begraben, aber jemand hat sie wieder ausgegraben. Yessir. Die Pawnee, die Wahpekute, die Shoshone, die Ogala, die Arapaho, die Chippewa und sogar die Apachen von jenseits der Grenze. Yessir! Die sind wieder da. Stellt die Planwagen im Kreis auf, und schickt nach dem Leberfresser Johnson.« Jingles schlug einen Akkord auf seiner Gitarre an und schüttelte sich, so daß seine Glöckchen klingelten. Ich sah die anderen an, und sie lächelten alle – alle, mit Ausnahme Ermals und seiner beiden Freunde.

»Johnson«, fuhr Jingles fort, »war ein Mann aus den Bergen, und jedesmal, wenn er eine Rothaut umgebracht hat, und das passierte oft, dann schlitzte er ihn mit seinem Trappermesser auf.« Jingles sah unsere Gesichter und entschloß sich, seine Geschichte damit zu beenden. Er richtete sich auf, schlug wieder einen Akkord auf seiner Gitarre an, der diesmal freilich zu einem Mißklang wurde. Als er das tat, kam die große Negerin auf ihren Rollschuhen die Straße heruntergerast, nach vorne gebeugt, und durch die Menge hindurch, ohne dabei jemanden zu berühren. Sie schoß geradewegs auf Jingles zu, wie eine riesige Krähe, stoppte, schrie etwas, was ich nicht verstand, und schoß ebenso schnell, wie sie gekommen war, wieder davon.

Jingles schlug erneut in die Saiten, schüttelte sich, um die Glöckchen klingeln zu lassen, und sprang so heftig nach vorn, daß er mich erschreckte. Aber er kauerte sich nur wiederum nieder, diesmal zu Ermals Füßen, und blickte in sein Gesicht hinauf. Ich sah seine hervortretenden Augen, sah den Schweiß, der ihm am Hals hinunterrann.

»Zeit, ins Fort zurückzureiten«, sagte er. »Crazy Horse hat die Reservation verlassen.« Damit sprang Jingles in die Luft, drehte sich um und rannte davon, tauchte in der Menschenmenge unter.

Die drei Männer von der Gewerkschaft warfen ihre Bierdosen weg und standen auf, nicht hastig, aber auch nicht sehr langsam. Benny sah Tony an, und Ermal sah mich an. »Wir fahren zurück zum Hotel«, sagte er. »Sollen wir einen von euch mitnehmen?«

»Mich«, sagte ich. »Ich fahre mit euch.«

Im Wagen starrte ich aus dem Rückfenster und sah zu, wie Venice verschwand. »Was sollte das?« fragte ich. »Wer war dieser Jingles?«

»Ich weiß es nicht genau«, sagte Ermal. »Er verkauft irgendwelches Zeug für den Reverend, denke ich. Jedenfalls hat er uns klargemacht, daß es gleich Ärger geben wird ... also haben wir Leine gezogen.«

»Über diesen Fresser Johnson haben wir einen Film gemacht«, sagte Benny, »mit Robert Redford. Nur daß die alles ein wenig hübsch gemacht haben, die zeigen ja nie die Wahrheit. Eine verdammte Schande ist das.«

»Da war noch etwas«, sagte Joe. »Habt ihr es bemerkt? Diese

Angela, das Mädchen aus Iowa. Sie war nicht mehr da. Sie ist verschwunden.«

12

Wir trafen eine ganze Weile vor den anderen im Hotel ein, und Ermal buchte ein Zimmer in dem Pavillon, in dem das meine lag, während Benny und Joe in den Pavillon gegenüber zogen.

»Das spart uns morgens Zeit«, sagte Ermal und lächelte. »Ich hab eine Zahnbürste im Bad.«

»Meinst du, daß Angie in Ordnung ist?« fragte ich. »Ich meine, warum sollte sie einfach so verschwinden? War es das, was Jingles uns klarzumachen versuchte?«

Ermal sah über meine Schulter weg meine Kollegen an. »Zum Teufel«, sagte er, »wer weiß das schon? Wir kennen diese Angie nicht. Keine Ahnung, wer das ist. Mach dir keine Sorgen. Sie lebt schließlich dort in Venice. Wahrscheinlich ist sie auf irgendeinen Boyfriend gestoßen, und die beiden haben einfach beschlossen, am Nachmittag miteinander ins Bett zu gehen. Zum Frühstück ist sie wieder da, du wirst sehen.«

Aber Angela tauchte beim Frühstück nicht auf, und als Tony ins Restaurant kam, fragte ich ihn. »Ist sie gestern verschwunden? Sagst du deshalb nichts darüber, um Deegan nicht zu beunruhigen? Es sind doch wieder diese Mexikaner, oder?«

Tony setzte sich und schenkte sich Orangensaft ein. Seine Körperlotion schlug mir in Wellen über den Tisch hinweg entgegen. »Sei nicht melodramatisch, Del«, sagte er. »Angie hat gestern abend noch angerufen. Sie hat ein paar Leute getroffen, die sie kannte, und ist auf irgendeine Party gegangen. Das ist alles.«

»Und wann kommt sie wieder?«

»Sie scheint dort ziemlichen Spaß zu haben, also hab ich ihr gesagt, daß sie morgen kommen kann oder auch später. Diese Leute hier leben auf diese Art, Del, die ganze Zeit unterwegs. Dies ist Venice Beach, nicht Barnes.«

»Mortlake«, sagte ich und wünschte mir dabei, ich wüßte für Leute wie Tony witzigere Antworten. »Ich wohne in Mortlake.«

Ich dachte, nach einem solchen Anfang würde es ein schrecklicher Tag werden, aber da hatte ich mich getäuscht. Tatsächlich war es sogar einer der angenehmsten Tage der ganzen Drehzeit. Es war Deegans letzter Tag, und so war Tony fest entschlossen, daß wir Spaß haben sollten.

Wir brachen früh auf und fuhren nach Santa Barbara; als wir dort eintrafen, fanden wir einen endlosen Strand vor, wo die Ortsansässigen Stände aufgebaut hatten, um die Dinge zu verkaufen, die sie herstellten: Andenken wie keramische Arbeiten, Armbänder, Schmuck und Gemälde. Ich dachte an meine zwei Kinder und kaufte für jedes eine handgeschnitzte Eisenbahnlokomotive.

An Arbeit dachte keiner von uns sonderlich, und das schien auch niemandem etwas auszumachen. Wir drehten ein paar Einstellungen auf dem Markt, und das war alles. Als die Zeit zum Mittagessen gekommen war, buchte Ronnie in einem Restaurant mit einer Terrasse einen Tisch unter Palmen, und wir ließen uns beim Essen Zeit und genossen es.

Ich dachte, daß wir am Nachmittag vielleicht noch einmal drehen würden, aber Deegan und Tony diskutierten eine Weile und beschlossen dann, daß wir für das Espionage-Thema schon mehr als genug im Kasten hatten. Damit blieben uns für die nächsten zwei Tage nur noch ein paar Aufnahmen, die wir allein ohne Deegan erledigen konnten. Und so beschlossen wir, den Nachmittag am Strand zu verbringen.

Wir schlüpften also in unsere Badehosen, dösten eine Weile einfach vor uns hin und sahen den Frauen beim Schwimmen zu, wie sie aus dem Wasser kamen und dabei mit ihren nassen sonnenbräunefarbenen Badeanzügen nackt aussahen. Ich streckte mich aus und fühlte mich herrlich. Alles war so hell und blau, daß ich mich so stolz fühlte, als würde der Nachmittag mir gehören, endlos wie der Nachmittag eines Kindes. Irgendwie war ich in jene perfekte Postkartenwelt hineingeglitten, in der die großen und bedeutenden Leute leben.

Irgendwann schlief ich ein, und als ich aufwachte, war Deegan damit beschäftigt, einen Haufen Treibholz aufzustöbern, den er eingesammelt hatte. Die meisten Stücke waren lang und krumm, von der Sonne und dem Salz grau und saftlos gemacht. Er kniete nieder und wählte drei einigermaßen gerade Stücke aus und steckte sie am Rand des Wassers in den festen Sand, so daß sie aufrecht standen.

»Wir haben keinen Schläger«, sagte ich.

»Doch, haben wir.« Deegan zeigte mir ein keilförmiges Stück Holz, dessen Seiten von hunderttausend Wellen geglättet waren. »Heut morgen hab ich sogar einen Tennisball aus dem Hotel gemopst.«

»Ihr werdet doch nicht Kricket spielen?« fragte Ernie.

Alex sprang auf und schnappte sich den Tennisball. »Aber sicher werden wir das«, sagte er, »es gibt doch gar kein anderes Spiel. Überlegt doch, was für ein Land Amerika geworden wäre, wenn die nur gelernt hätten, Kricket zu spielen.«

Die drei Männer von der Gewerkschaft wälzten sich auf die Seite, als sie das hörten, und starrten Alex mit leeren Augen an. Benny und Joe hatten wenigstens ein bißchen geschwommen, aber Ermal trug selbst am Strand immer noch Jackett und Hosen.

»O ja«, sagte er.

»Genau«, meinte Alex.

»Schließlich ist das Deegans letzter Tag«, meinte Nick und erhob sich von seinem Handtuch. Er bewegte Arme und Schultern, wie um sich zu vergewissern, daß sie nicht eingerostet waren. Er mochte jede Art von Sport, alles, was ihn nur dazu brachte, seinen Körper zu bewegen, und ihm das Gefühl verschaffte, daß er sich bewegte. »Wir werden alle spielen, einer gegen alle.«

Tony deutete auf die Gewerkschafter. »Diese Typen können doch auch mitmachen. Komm schon, Ermal. Ist ganz genau wie Baseball.«

»Yeah«, freute sich Deegan. »Für die Sieger gibt es Champagner und für die Verlierer auch.«

»Ich hab einmal gut Baseball gespielt«, sagte Ermal plötzlich. »Ich werd's euch zeigen.«

»Fang du an, Deeg. Zeig denen, wie es gemacht wird.«

»Einmal zum Üben«, sagte Alex und schritt seine Laufstrecke ab. Wir schwärmten aus und schrien den drei Amerikanern zu, wo sie sich aufstellen und was sie tun sollten.

Deegan tippte mit seinem Stück Treibholz gegen den Sand, und ich lief zu der Stelle, wo ich vermutete, daß der Ball wahrscheinlich nicht hinfliegen würde. Alex machte kehrt und lief zur Grundlinie. Es war ein guter Ball. Deegan verfehlte ihn völlig, und Tony nahm ihn hinter den Torstäben auf.

»Was zum Teufel war das?« schrie Benny. »Warum schlägt er so? Er sieht aus wie eine Ballerina.«

»Man darf beim Kricket nicht werfen«, sagte Nick. »Man muß den Arm geradehalten.«

»Wir haben am River Kwai gespielt«, tönte Deegan und fuchtelte mit seinem Schläger herum, »obwohl wir wie die Fliegen starben, und doch haben wir es geschafft. Die Burma Road hinauf und hinunter, mit Wickets an jeder Wand.«

Jetzt hatten wir Zuschauer. Etwa fünfzig waren es, und die Zahl wuchs immer noch. Sie beobachteten uns ernsthaft, und ihre Augen folgten dem Ball jedesmal, wenn er durch die Luft flog, und dabei hörten sie sich an, was wir miteinander redeten.

Zuerst warf Deegan, dann kam Tony an die Reihe und dann wir anderen. Am Ende traten die Gewerkschaftsleute vor, grinsend wie Schafe. Sie spielten gut; eine ganz mit Baseball verbrachte Kindheit hatte ihre Augen trainiert. Selbst Ermal schien Spaß daran zu haben, und er zog sogar sein Jackett aus und gab es Benny zum Halten.

»Ich werd euch in eurem eigenen Spiel schlagen«, tönte er, und die Zuschauerschar klatschte bei jedem seiner Schläge in die Hände. Als er fertig war, strahlte er über den Applaus und verbeugte sich tief.

»Es ist die einzige Weisheit, die die Engländer mit sich auf die Welt gebracht haben«, erklärte Deegan, »die Weisheit nämlich, wie man sein Leben damit verbringt, Spiele zu spielen und in den Pausen Tee zu trinken . . .« An dem Punkt unterbrach sich Deegan und winkte jemandem zu, der ihm hinter der Menge aufgefallen war.

Ich drehte mich ebenso wie die anderen um, und da war Ronnie, der während des Spiels verschwunden war. Er grinste breit, so daß man die Narben in seinem Gesicht kaum mehr wahrnahm. Er schrie seinerseits jemandem hinter ihm etwas zu, und die Menge teilte sich, um Platz zu machen. Und dann tauchten hinter dem kleinen Sandhügel zwei Kellner aus dem Restaurant, wo wir zu Mittag gegessen hatten, auf und schleppten einen Tisch heran. Hinter ihnen war ein weiterer Kellner mit einem Stapel Klappstühlen zu sehen und dahinter drei weitere Männer mit Kühlboxen, Eiskübeln, Servietten und Obst.

Die Menge schloß sich wieder. Ihre Stimmen wurden lauter, und sie lachten. Wir lachten auch und sahen Deegan an, während der Tisch mitten ins Spielfeld gestellt und seine Beine in den Sand gedrückt wurden, damit er nicht wackelte. Sobald das geschehen war, bauten wir die Stühle rings um den Tisch auf, und dann wurden die Kühlboxen geöffnet und die Champagnerflaschen herausgeholt. Es gab auch Kuchen und Biskuits und Obst. Als dann die Kellner fertig waren, traten sie eine Sekunde lang zurück, musterten ihr Werk, lächelten und entschwanden über den Strand.

Es war ein glücklicher Augenblick, und wieder kam ich mir vor, als wäre ich in jene Postkartenwelt der Grundfarben gerutscht: die erregende Welt von Espionage-After-shave.

Dies war die Wirklichkeit, und alles andere war Wahnsinn – Los Angeles, der Reverend, seine Kirche und selbst der Gott, der darin lebte.

»Ist schon eine Type, dieser Deegan«, sagte Benny.

»Er hat es bestellt, während wir zu Mittag gegessen haben«, erklärte Ronnie, »und ich hab dann alles arrangiert.«

»Ein Trinkspruch«, forderte Deegan, »ein Trinkspruch.« Er hob sein Glas. Hinter seinem erhobenen Arm donnerte der Pazifik ans Ufer. »Ich trinke auf eine großartige Crew, großartige Drehtage und ein großartiges Kricket-Match.«

Wir hoben feierlich die Gläser. »Auf dich, Deeg.«

»Viel Glück für Espionage.«

Die Menge verlief sich. Andere kamen vorbei oder starrten eine Sekunde lang das seltsame Bild an, das der Tisch und das improvisierte Kricketfeld boten, blieben aber nicht lang.

Die Sonne zog beständig über den Himmel, und bald war es für uns Zeit, zurückzufahren, Zeit für Deegan und sein Flugzeug.

»Kommt, Jungs, noch einen Drink im Treetops.«

Wir standen vom Tisch auf und sammelten unsere Habseligkeiten ein. Deegan schlüpfte in einen Pullover. »Trunkenheit hat das Spiel beendet«, sagte er.

Und so gingen wir etwas schwerfällig den Strand hinauf durch den lockeren Sand und ließen den Tisch einsam und allein stehen, und der Wind zerrte an dem weißen Tuch, ließen den Himmel und die schaumgekrönten Wellen hinter uns.

»Ich hab einen solchen Tag nicht mehr erlebt, seit ich ein kleiner Junge war«, sagte Ermal.

Als wir Santa Barbara hinter uns ließen, fühlte ich, wie in mir eine grenzenlose, alles überwältigende Melancholie aufstieg. Ich hatte mir gewünscht, jenes herrliche Gefühl würde ewig anhalten, und jetzt war es vorbei, und ich kehrte in eine andere Welt zurück, eine Welt, die mich stets verachtet und mir hatte weh tun wollen. Wann würde der Reverend seine Ansprüche erheben? Ich fröstelte.

»Ah«, sagte Benny, als wir über den Pacific Coast Highway fuhren, »wenn das Leben immer so wäre, wär das nicht herrlich?«

»Das wäre es«, sagte ich knapp. »Aber wie zum Teufel läßt sich das einrichten? Das mußt du mir sagen! Wie zum Teufel läßt es sich einrichten, daß es immer so bleibt?«

Deegan stand inmitten eines Stapels dunkler Lederkoffer in der Empfangshalle des Treetops. Sein Manager stand neben ihm. Während wir uns der Reihe nach verabschiedeten, nahmen die Träger die Koffer und stapelten sie in der Limousine auf.

Deegan flog nach Honolulu, um dort eine Woche Ferien zu machen, ehe er nach Hause zurückflog. Er trug einen weißen Anzug, ein hellgrünes Baumwollhemd und handgearbeitete Texasstiefel. Sein Haar war frisch schamponiert und geföhnt; seine kalifornische Bräune war gleichmäßig. Deegan war wieder ein Star und reiste mit Lichtgeschwindigkeit durch die Milchstraße. Ich stand inmitten der Gruppe, etwas verlegen, und sah zu, wie wieder ein Fremder aus ihm wurde. Er ließ seine weißen Zähne aufblitzen, so wie er das bei Nahaufnahmen immer tat.

»Nun, vielen Dank«, sagte er, »für alles.«

»Wiedersehn, Deeg. Wir sehen uns im Kopierwerk.«

Dann stiegen sie in den Wagen, und Tony fuhr los.

An dem Abend gab es in der Bar keine Discomusik, und so nahm ich vor dem Schlafengehen mit Nick noch ein paar Drinks. Wir taten uns beide selbst leid. Ich aus den üblichen Gründen und Nick, weil er Wasserbett immer noch nicht rumgekriegt hatte und das Ende unseres Aufenthalts näherrückte. Dann stolzierte sie plötzlich in die Bar und setzte sich neben ihn auf den Hocker. Es war ihr freier Tag.

»Ich war in Torrance, um mein Kind zu besuchen«, erklärte sie. Sie liebkoste ihre großen Brüste und stützte die Ellbogen auf die Bar.

»Ein Kind hast du?«

Wasserbett sah sich um. »Heute ist hier keine Musik. Das hab ich vergessen. Ohne Musik kann ich nicht leben. Ich hab ein Kind. Aber einen Mann hab ich keinen. Er hat mich immer verdroschen und all das. Was habt ihr denn heute gemacht?«

»Am Strand Kricket gespielt.«

»Und was hast du gemacht?« fragte Nick.

»Nun, ich habe das Kind besucht. Und dann war ich in ein paar Lokalen. Weißt du, ich bin Tänzerin. Ich bin schon viel aufgetreten. Und als Modell hab ich auch gearbeitet. Man muß sich sehen lassen, dort, wo die Leute aus der Branche hingehn. Dann habe ich meinen Agenten angerufen. Ich muß oft vortanzen. Zum Teufel, für ein paar von diesen Typen muß man sich ausziehen, bloß weil es ihnen Spaß macht.«

»Lebst du gern in Los Angeles?«

»Sicher. Ich bin schon ziemlich herumgekommen, aber dies ist der schönste Platz auf der ganzen Welt. Alle sagen das. Wer mag schon in Cabbageville wohnen? Nein, mir gefällt's hier.«

»Wollen wir nicht zusammen in einen Nachtclub gehen?« fragte Nick, aber aus seiner Stimme klang kein Funken Hoffnung.

Wasserbett blieb eine Weile stumm und sah in ihr Glas. »Nee«, sagte sie dann, »ich bin zu müde. Aber ich will dir was sagen. Wo ihr doch in ein, zwei Tagen abreist, warum kommst du dann nicht mit auf mein Zimmer, und wir trinken dort einen Schluck, bloß um deine Reise nach Europa zu feiern. Du kannst dich ja mit mir unterhalten, während ich ein Bad nehme.« Sie lächelte über Nicks Schulter wie ein Unkrautvernichter und schloß mich aus ihrer Einladung aus. »Aber daß du mir ja nicht auf dumme Gedanken kommst. Anfassen is' nicht drin.«

Sie gingen zusammen aus der Bar. »Viel Spaß mit dem Wasserbett«, rief ich ihnen nach, aber sie hörten mich nicht.

Ich leerte mein Glas und sah mich um. Die Bar war fast leer, und niemand beobachtete mich – jedenfalls niemand, den ich sehen konnte. Ich verabschiedete mich beim Barkeeper und nahm Kurs auf mein Zimmer. Ich benutzte dazu die Zufahrt, obwohl dies der weitere Weg war, aber dort gab es große gelbe Lichter, während der Weg zwischen den Büschen und Bäumen dunkel und unheilverheißend war.

Der Reverend hatte gesagt, daß es nicht lange dauern würde, bis die Mexikaner wiederauftauchten. Ich versuchte mich zu erinnern, wie lange es her war, daß ich ihn im Golfclub gesehen hatte. War das jetzt ein Tag, oder waren es zwei?

Ich hielt mich in der Mitte der Straße und ging auf Zehenspitzen, sah nach links und rechts. Dann trat ich vorsichtig in den Schatten des Eingangs meines Pavillons. Ich blieb stehen, immer noch auf Zehenspitzen, und preßte mich gegen die Mauer, wie das in den Spionagefilmen immer gezeigt wird. Ich lauschte, hörte aber außer meinem eigenen Atem nichts.

Leise schob ich den Schlüssel ins Schloß und öffnete die Tür, so langsam ich konnte. In dem kleinen Vorraum lauschte ich erneut. Nichts . . . oder war es wirklich nichts? War da nicht der Atem von irgend jemandem? Mein Herz fing an schneller zu schlagen. Ich versuchte mich zu beruhigen. Schließlich brauchte ich ja nur laut zu schreien. Ermal war im Stockwerk darüber und Benny und Joe im nächsten Pavillon. Ich schob die Füße vorsichtig über den Teppich. Dann tippte ich den Lichtschalter an, und die Deckenbeleuchtung flammte auf.

Das Zimmer war leer. Ich sah ins Badezimmer; es war ebenfalls leer. Ich ließ meinen Atem aus meinem Mund entweichen, schloß die Tür hinter mir, und das Geräusch weckte die Person, die in meinem Bett schlief.

Sie richtete sich auf und drehte sich herum, um mich anzusehen. Es war Angela, mit Blutergüssen im Gesicht. Ihre Lippen waren geschwollen, man hatte sie geschlagen. Ihr Haar war schmutzig, und sie hatte geweint. Ein Stöhnen der Angst stieg mir in die Kehle, wollte aber nicht heraus. Wenn Angela in Venice Beach eine Party besucht hatte, dann war das jedenfalls keine besonders nette Party gewesen, und ich legte keinen

Wert auf eine Einladung. Ich griff mir an die Stirn und spürte, daß sie feucht war. War dies das Ende eines perfekten Tages?

13

Das war es nicht ganz.
Ich ging weiter in das Zimmer hinein.
»Was ist denn passiert?«
Angela ließ sich in die Kissen zurückfallen. »Ich bin wegge-gangen, um mir eine Cola zu kaufen«, sagte sie, »und da war ich plötzlich von diesen Mexikanertypen umringt. Sie zerrten mich in einen Wagen und fuhren mich irgendwohin. Ich weiß nicht wo. Irgendein heruntergekommenes Viertel in der Nähe einer Chemiefabrik. Ich weiß es nicht genau.«
»Aber du hast doch angerufen und gesagt, du wärst auf einer Party.«
»Na sicher hab ich das getan. Die sagten, sie würden mir sonst das Gesicht zerschneiden, wenn ich das nicht täte ... und sonst auch noch einiges. Man legt sich mit diesen Typen nicht an ... denn wenn man das tut, dann lebt man nicht mehr lange.«
»Soll ich einen Arzt anrufen?«
Angela bewegte den Kopf etwas zur Seite. Das sollte wohl nein heißen. »Nein. Ich bade mein Gesicht nur immer wieder mit kaltem Wasser.« Sie wühlte in ihrem Bettlaken und warf mir einen Lappen zu. »Wickle ein paar Eiswürfel hinein.«
Ich ging zum Kühlschrank und holte den Eisbehälter heraus. Gleichzeitig schnappte ich mir auch die Ginflasche und ein Tonic und machte daraus zwei große Drinks.
Angela hielt sich den improvisierten Eisbeutel mit einer Hand an das Gesicht und führte mit der anderen ihr Glas zum Mund. Ich setzte mich neben sie auf das Bett.
»Je mehr ich hier zu sehen kriege, desto mehr Angst habe ich auch«, flüsterte ich. »Was haben sie mit dir gemacht?«

»Mich ein wenig herumgeschubst. Mich ausgezogen. So getan, als wollten sie mich vergewaltigen. Mich einfach, ganz allgemein gesehen, in kleine Stückchen zerbrochen. Mich zuerst eine Weile reden lassen und mir dann eine Spritze mit irgend etwas verpaßt. Und dann haben sie mich weiter ausgefragt.« Sie zeigte mir ihren Arm.

»Heroin«, sagte ich, »so macht es der Reverend. Er macht einen zum Süchtigen.«

Angela lächelte, so gut es mit ihren geschwollenen Lippen ging.

»Das hat er mir gesagt«, beharrte ich. »Er hat mir sein sogenanntes Krankenhaus gezeigt.«

»Der Reverend ist ein guter Mensch«, sagte Angela. »Da bin ich ganz sicher. Er glaubt einfach daran, mit der gleichen Kraft gegen das Böse zu kämpfen, wie das Böse gegen das Gute kämpft. Daran ist nichts Unrechtes. Die Welt braucht das.«

»Warum haben sie dich genommen? Warum nicht mich zum Beispiel oder Alex oder Tony?«

Angela setzte sich im Bett auf und legte sich den Waschlappen mit dem Eis auf die andere Gesichtshälfte. Dann nahm sie einen tiefen Schluck aus ihrem Glas. »Ich vermute«, sagte sie, »weil sie dachten, ich sei immer noch ein Teil der Kirche, und weil sie wissen wollten, was der Reverend denkt.«

»Teil der Kirche«, sagte ich, »du?«

»Als ich ursprünglich aus Iowa kam, konnte ich keine Arbeit finden. Ich war völlig erledigt – kein Geld, kein Vertrauen, keine Freunde. Dann erzählte mir irgend jemand von diesen Begegnungsgruppen, und ich fing an, dorthin zu gehen. Ich lernte den Reverend kennen . . . du hast ihn ja gesehen . . . Er ist kein gewöhnlicher Mann. Damals war das genau das, was ich brauchte. Ich zog in das Dorf, das der Reverend in den Bergen hat, und alles war plötzlich ganz anders. Ich war ein völlig neuer Mensch.«

»Und dann bist du weggegangen?«

»Ich war für das dankbar, was die Kirche für mich getan hatte, aber ich wollte sehen, wie weit ich ohne Hilfe kommen konnte.«

»Der Reverend – ich meine, war ihm das recht?«

»Der Reverend hält einen nicht auf. Man kann auch jederzeit wieder zu ihm zurück.«

»Und was ist mit diesen Mexikanern?«

»Sie wollten über das Geld Bescheid wissen . . . die Diamanten. Sie dachten, ich wüßte vielleicht, wer sie hat.«

»Aber das hast du nicht.«

»Aber das hab ich nicht.«

»Wer sind denn diese Mexikaner?«

»Einfach bezahlte Schläger. Sie sind aufgetaucht, weil jemand, der den Reverend und das, was er tut, nicht mag, sie dafür bezahlt.«

»Aber wer ist dieser Jemand? Weißt du das?«

»Ich bin nicht sicher, ob irgend jemand das weiß . . . Leute, die die Art und Weise nicht mögen, wie der Reverend gegen das Böse kämpft, denke ich.«

Ich beugte mich vor, holte mir die Ginflasche, die ich auf den Boden gestellt hatte, und füllte unsere Gläser nach. »Warum meinst du, daß dieses Geld so wichtig ist?«

Angela lachte. »Geld ist immer wichtig, Del. Ich weiß nur, daß der Reverend überall Zweigstellen seiner Kirche gründen möchte. Er möchte, daß das ganze Land besser wird. Und dafür braucht er Geld.«

»Nun, wenn er so heilig ist, warum schrecken dann diese Leute vor nichts zurück, um ihn zu stoppen?«

»Wie zum Teufel soll ich das wissen? Ich weiß nur, daß sie die Feinde einer guten Kirche sind. Das, was der Reverend tut, paßt ihnen nicht – er ist ihnen zu zäh –, also bezahlen sie eine Bande Mexikaner dafür, ihnen die Dreckarbeit zu machen.«

»Und dieser Mexikaner, der neulich an der Hollywood-Tafel hing«, fragte ich, »wessen Dreckarbeit war das denn?«

»Keine Ahnung«, sagte Angela, »aber das haben die verdient. Das ist die einzige Sprache, die die verstehen. Schau doch, was sie mit mir gemacht haben. Mich geschlagen. Vergewaltigt hätten sie mich auch fast. Schenk noch mal ein. Ihr Engländer kapiert wirklich nicht, wie das hier in den Staaten ist.« Ich ging zum Kühlschrank, um noch ein Tonicwasser zu holen, machte die Drinks und setzte mich wieder. Sie hatte schon recht, ich würde Amerika nie verstehen. Zum Ausgleich nahm ich einen großen Schluck Gin.

»All das Geld, das ich versteckt haben soll, wo kommt es her?«

»Von den Begegnungsgruppen, nehme ich an, man muß nämlich dafür bezahlen. Und dann wird im Dorf Miete bezahlt und Steuern; man gibt einen bestimmten Teil seines Einkommens an die Kirche, aber wo auch immer es herkommt, es wird alles für gute Zwecke benutzt, dafür sorgt der Reverend.«

»Warum bist du überhaupt hierhergekommen? In mein Zimmer, meine ich?«

»Ich bin gekommen, um dich zu warnen, Del . . .«

»Mich warnen, du lieber Gott!«

Sie legte die Hand auf meinen Arm. »Gib nicht mir die Schuld, Del. Sie hatten mich festgebunden, weißt du, und dann sind sie mit einer Nadel auf mich losgegangen. Was hättest du denn getan?«

»Geredet hätte ich«, sagte ich, »geredet und nie mehr damit aufgehört.«

»Ich hab ihnen nicht viel gesagt, aber ihnen hat es genügt. Als sie hörten, daß der Reverend sicher war, daß du das Geld hättest, verloren sie das Interesse an mir. Sie mögen den Reverend nicht, aber sie wissen auch, daß er keine Fehler macht. Als ich wieder zu mir kam, haben sie mich rausgeworfen, und ich bin hierhergekommen, um es dir zu sagen. Du stehst als nächster auf ihrer Liste, Del. Es tut mir leid.«

Ich vergrub den Kopf in der Decke, und Angelas Hand strich mir über das Haar. Ich wartete ein paar Augenblicke, und als ich dann wieder reden konnte, sagte ich: »Wie oft muß ich es noch sagen? Ich habe wirklich nichts.«

»Ist das die Wahrheit, Del?«

»Angie, kannst du denn nicht sehen, was für ein Feigling ich bin? Glaubst du, ich würde alles das für Geld auf mich nehmen – für eine Million, zwei Millionen? Mut gehört nicht zu meinen Stärken. Sieht man das denn nicht?« Ich hob die Augen und sah Angela an. Sie starrte mich an, als könnte sie in meinen Augen lesen. »Ich werde ein jämmerliches Wrack sein«, sagte ich. »Selbst wenn die mich in Stücke schneiden, kriegen sie bloß Blut.«

Ich rutschte von ihrer Bettkante, setzte mich auf den Boden und leerte mein Glas. Ich wollte schlafen. »Ich muß abhauen«, sagte ich. »Abhauen muß ich, und du mußt mir helfen, du mußt mir sagen, wie ich am besten hier rauskomme.«

»Versuch es nicht, Del«, sagte Angela. »Das macht alles nur noch schlimmer.«

»Schlimmer? Wie schlimmer? Ich werde hier verschwinden, ob du mir nun hilfst oder nicht.«

Angela überlegte eine Weile. »Ich werde die Abfahrtszeiten der Busse feststellen«, sagte sie. »Sobald es dunkel ist, kannst du mich anrufen. Aber kein Gepäck. Sieh zu, daß du durch den Park zum Highway kommst, ohne daß dich jemand sieht. Ich werde dafür sorgen, daß dort ein Taxi wartet, das dich zur Busstation bringt. Steig nicht aus dem Taxi, bis du mich siehst. Dann fährst du nach San Francisco und nimmst dort eine Maschine nach London. Okay?«

»Ich tu alles, bloß um hier wegzukommen. Warum können wir nicht gleich verschwinden?«

»Du bist betrunken«, sagte sie, »und ich auch. Ich werd jetzt ein Bad nehmen.«

Damit hatte sie natürlich recht. Der Gin hatte seine Wirkung getan, und ich konnte nicht mehr sonderlich gut stehen. Ich fiel sogar über meine Hose, als ich versuchte, sie auszuziehen. Angela mußte den Lärm gehört haben, den ich machte, denn sie trat triefend aus dem Bad, zog mir die Kleider herunter und stopfte mich ins Bett.

Mein Gehirn hatte sich jetzt selbständig gemacht, und die

Wand mir gegenüber hob sich, und die Decke kam im Sturzflug auf sie zu. Kurz bevor ich das Bewußtsein verlor, merkte ich noch, daß Angelas warmer Körper, der nach Seife und Kölnisch Wasser roch, neben mir ins Bett schlüpfte.

Zuerst zog sie meinen Kopf zu sich heran und bettete ihn auf eine ihrer Schultern, aber das gefiel mir nicht, und ich bewegte den Kopf etwas nach unten, bis er weicher lag. Ihr schien das nichts auszumachen, und ich vermute, daß wir die ganze Nacht so zusammengekuschelt und einsam und hilflos wie Hänsel und Gretel im Wald dalagen, nur daß ich keine Steine fallen gelassen hatte, um mir zu zeigen, wie man am besten wieder aus dem Wald herauskommt.

14

Ernie kam am nächsten Morgen zur Tür herein. Er ging nur einen Meter hinter dem Mexikanerjungen, der mir den Morgentee brachte. Er sah die Umrisse in dem Bett neben mir, sah den Haarschopf auf dem Kissen und machte sofort wortlos kehrt.

Ich stand auf und duschte, und als ich ins Zimmer zurückkam, war Angela angezogen. Sie reichte mir eine Tasse und goß sich selbst die andere ein.

»Ich werde jetzt gehen«, sagte sie. »Und sag niemandem, daß ich hier bin. Deine Freunde würden daraus nur falsche Schlüsse ziehen. Ich komme auch nicht zurück. Ich werde mir ein wenig freinehmen. Tony rufe ich dann später an.«

»Und was ist mit heute abend?« fragte ich. »Genauer gesagt, wie wär's mit jetzt?«

»Nicht vor heute abend«, sagte sie. »Hör zu, mach dir keine Sorgen. Die werden nichts unternehmen, solange du dicht bei den anderen bleibst. Du darfst dich nur nicht von ihnen entfernen, wie ich das getan habe. Schließlich sind da ja die drei Typen, die auf dich aufpassen, das solltest du nicht vergessen.«

Dann stellte sie ihre Tasse weg und ging, wobei sie nur noch einmal kurz an der Tür haltmachte, um mich leicht auf den Mund zu küssen. »Ruf mich an, sobald es dunkel wird«, sagte sie, »dann sag ich dir, was du tun mußt.«

Ich ging zum Restaurant hinüber, wobei ich wieder das Parkgelände mied, und fragte mich, woher Angela wohl wußte, daß die Gewerkschaftsleute zu meinem Schutz hier waren. Doch ich konnte mir die Frage nicht beantworten. Vielleicht hatten sie es ihr gesagt, vielleicht auch ich selbst, im Suff. Vielleicht war es auch gar nicht wichtig.

Ich ging an das Frühstücksbüfett, nahm mir eine Schale Cornflakes und bestellte mir Schinken. Ich ging quer durch den Raum zu unserem Tisch. Ernie, Nick und Tony waren bereits da. Als ich mich setzte, sahen mich alle an und grinsten. Ernie mußte ihnen von dem Mädchen in meinem Bett erzählt haben.

»Wer hätte das gedacht«, sagte Ernie. »Wer zum Teufel war das?«

Ich grinste und schenkte mir Kaffee ein. »Ein Mädchen, das ich gestern abend in der Bar kennengelernt habe. Nick ist mit Wasserbett abgezogen, und dann kam die Biene und hat sich neben mich gesetzt.«

Tony schüttelte den Kopf, als könnte er nicht glauben, daß ich imstande war, auf irgendeine Frau Anziehungskraft auszuüben, geschweige denn auf eine Frau der Kategorie, wie sie im Treetops Hotel vertreten war. »War sie gut?« fragte er.

»Wunderbar«, sagte ich, genoß meinen Triumph und vergaß, daß es ja nur ein Phantasiegebilde war. »Sind amerikanische Frauen nicht die besten auf der Welt?«

Nick bestrich sich ein Stück Toast und nickte.

»Nun«, sagte ich, »und wie war's mit dir und Wasserbett?«

»Es war sehr schmutzig«, sagte er, »sehr, sehr schmutzig.«

Wir aßen weiter, ohne viel zu reden, und dann hob Ernie ein Stück seiner *Los Angeles Times* vom Boden auf und begann zu lesen. Ich schenkte mir Kaffee nach und starrte durch das breite Fenster ins Freie. Unmittelbar vor dem Restaurant gab es einen von Palmen gesäumten Innenhof und dahinter den kleinen Parkplatz, wo man sein Fahrzeug abstellte, wenn man sich am Empfang eintrug. Die Gewerkschaftsmänner mußten ihren Wagen dort über Nacht geparkt haben, und jetzt wusch ihn ein mexikanischer Gärtner und sang dabei irgend etwas in Spanisch. Die Sonne fiel schräg ins Restaurant, und der reglose Schatten eines Baumes sprenkelte unser Tischtuch. Alles sah freundlich, sauber und vergnügt aus.

Alex und Ronnie kamen von hinten heran und setzten sich zu uns. Alex rief einen Kellner und bestellte Speck, Tomaten sowie Buchweizengrütze und Pfannkuchen.

»Heute gibt's nicht mehr viel zu tun«, sagte er. »Beverly Hills, diese großen Häuser, ein paar Luxuslimousinen, ein wenig von den Sehenswürdigkeiten, nicht viel ... und das wär's dann. Wir können alle nach Hause gehen.«

»Ich werde nach New Orleans fliegen«, sagte Nick. »Nur auf eine Woche. Hast du Lust mitzukommen, Del? Wir könnten uns zusammen ein Zimmer nehmen.«

Ich schüttelte den Kopf. »Ich will bloß nach Hause.«

»Ich könnte nach San Francisco gehen«, sagte Ronnie. »Da wollte ich immer schon mal hin. Wie wär's, Alex?«

Alex klickte mit den Zähnen. »Tony und ich müssen da ein paar Leute in Kanada aufsuchen. Ein Feature für nächstes Jahr; das wollen wir uns nicht entgehen lassen.«

Draußen war der Mexikaner jetzt mit dem Waschen des Wagens fertig, und Ermal saß auf dem Fahrersitz und hatte die Tür weit offenstehen. Benny und Joe redeten mit ihm: Joe lehnte sich auf die Tür, und Benny saß auf dem Kotflügel. Ich hob die Hand, und Ermal sah mich, lächelte und winkte zurück. In dem Augenblick passierte es, und alles schien so sehr langsam abzulaufen, so langsam, daß ich keinerlei Schock empfand – jedenfalls nicht in dem Augenblick.

Zuerst konnte ich nicht mehr durch das Fenster sehen. Es überzog sich ganz plötzlich und lautlos mit Rauhreif, wie eine zerbrochene Windschutzscheibe, und dann spritzten auf diese mit Rauhreif überzogene Fläche fette, rote Blutstropfen, mit einem Geräusch wie schwere Regentropfen, die auf weichen Schlamm fallen. Unmittelbar darauf war das dumpfe, volle Dröhnen einer Explosion zu hören, und das geschwächte Fenster fiel nach innen wie ein schwerer Vorhang. Jetzt konnte ich wieder hinaussehen.

Der Wagen war von der Explosion umgekippt, die Motorhaube verschwunden und die Fenster auch. Aus seinem Inneren stieg dünner Rauch auf. Aber dann, mit einem Geräusch, wie wenn ein Segel sich mit Wind füllt, platzte eine Flammenkugel in die Höhe wie eine bösartige Blüte, und die Hitze erreichte uns im Restaurant, wo wir immer noch am Tisch saßen, die Servietten auf dem Schoß. Von den drei Gewerkschaftlern war keine Spur mehr zu sehen, sah man von jenem einen jämmerlichen Bündel drüben bei den Bäumen ab, war das alles, was von einem menschlichen Körper übriggeblieben war.

Abgesehen vom Knistern der Flammen herrschte eine Weile Stille. Dann schrie eine Kellnerin, und wir erhoben uns alle langsam und starrten einander an.

Das Feuer brannte nicht lange. Ein paar Leute aus der Küche rannten mit Feuerlöschern hinaus und füllten das Autowrack mit Schaum. Kurz darauf traf die Polizei ein, dann rannten Dutzende von Polizisten herum, sperrten den Patio mit Klebeband ab und taten all die Dinge, die man sonst immer im Fernsehen sieht – machten Fotos, telefonierten, schickten nach Ambulanzen, standen herum und redeten.

Für uns war der Tag vorüber. Man forderte uns auf, die Bar nicht zu verlassen, bis man uns zum Verhör rufen würde. Unter keinen Umständen durften wir das Hotel oder das Hotelgelände verlassen.

Wir saßen dicht beieinander in Lehnsesseln und redeten nur gelegentlich und in kurzen Sätzen. Selbst Tony wirkte unter seiner Bräune bleich. »Gott sei Dank war Deegan nicht mehr da«, sagte er ein- oder zweimal. »Gott sei Dank hat er das nicht gesehen.«

Nach etwa einer Stunde kam Hackenbowne zu uns, und dann saßen wir einer nach dem anderen in einer kleinen Nische mit ihm zusammen und redeten. Ich vermutete, daß die anderen ihm nicht viel sagten, es auch gar nicht konnten. »Ja, die Gewerkschaftsmänner waren uns von ihren Funktionären aufgedrängt worden, aber als wir uns einmal an sie gewöhnt hatten, kamen sie uns richtig nett vor, und wir kamen gut miteinander aus. Nein, ihre Anwesenheit hat uns nichts ausgemacht. In England ging man anders mit Gewerkschaftsproblemen um.«

Seit der Explosion hatte ich mich kaum bewegt und auch kaum etwas gesagt. Die anderen sahen darin ein Schocksymptom, aber in Wirklichkeit war es mehr als das. Ich war wie versteinert. Ich war felsenfest davon überzeugt, daß man die drei Männer aus dem Weg geschafft hatte, weil sie mich beschützten. Jetzt war ich ganz auf mich alleine gestellt und hatte niemanden mehr, an den ich mich wenden konnte.

Was konnte ich beispielsweise Ernie oder irgendeinem der anderen sagen? Wer würde mir denn glauben? Diamanten! Drei Leute wegen mir getötet, wegen einem kleinkarierten Kameraassistenten, den man in letzter Minute hinzugeholt hatte und der nichts mit irgend etwas zu tun hatte. Nur eines sprach für mich. Hackenbowne hatte mir vorher nicht geglaubt; jetzt, wo das passiert war, würde er das vielleicht tun. Sobald ich ihm gegenüber Platz genommen hatte, machte ich den Mund auf und begann ihm die Geschichte zu erzählen. Nach ein oder zwei Sätzen stoppte er mich, hob die Hand und setzte eine gelangweilte Miene auf.

»Keine Theorien«, sagte er. »Ich bin neulich sofort zum Reverend gegangen und hab ihm Ihre Geschichte erzählt. Er ist wirklich ein netter Mann. Er hat mich nur ein wenig ausgelacht. Ich bin mir so groß vorgekommen.« Hackenbowne hielt seinen Daumen und seinen Zeigefinger etwa einen halben Zoll voneinander entfernt. »Ich wünschte, ich hätte ein

paar Diamanten‹, sagte er. ›Ich könnte sie für das Krankenhaus brauchen.‹«

»Da sind Diamanten«, sagte ich, »da bin ich ganz sicher, obwohl ich sie nicht gesehen habe. Ich weiß, das ist verrückt,
aber niemand will mir zuhören.«

»Ich würde ja gern zuhören«, sagte Hackenbowne, »glauben
Sie mir. Aber Sie wissen ja nicht einmal, wo sie sind oder wer
sie hat. Hat man Sie bedroht, und wenn ja, haben Sie einen
Zeugen? Sind Sie ein bedeutender Mann mit Immobilien, die
irgend jemand haben möchte? Der Reverend sagt, er wüßte
nicht einmal, wer Sie sind. Er sagt, es könnte durchaus sein,
daß er Ihnen hier begegnet ist, aber er lernt viele Leute kennen.«

Ich senkte den Blick auf die Tischplatte.

»Okay«, sagte Hackenbowne in dem Versuch, mich nicht zu
hart anzupacken. »Haben Sie aus Gesprächen dieser Gewerkschaftsleute irgend etwas herausgehört, was Sie zu der Meinung veranlaßte, sie könnten sich in Gefahr befinden?«

»Sie waren in Venice Beach recht nervös«, sagte ich.

Ein leichtes Lächeln zog über Hackenbownes müdes Gesicht. »Ich bin in Venice Beach auch nervös«, sagte er. »Das
ist dort jeder.«

»Kann ich Ihre Telefonnummer haben«, fragte ich, »damit ich
Sie anrufen kann, wenn ich irgend etwas erfahren sollte?«
Das war eine Lüge. In Wirklichkeit wollte ich die Nummer
für den Fall, daß die Angst in mir unerträglich wurde.

Hackenbowne fischte eine Karte aus einer Tasche. »Sie können mich von England aus anrufen. Ich werde zusehen, daß
ich euch so schnell wie möglich in ein Flugzeug bekomme.«
Damit stand er auf, und ich folgte ihm zur Bar hinüber, wo
der Rest der Crew wartete. »Okay«, sagte er, »Sie können
jetzt alle gehen, aber nicht weiter als bis zu Ihren Zimmern.
Könnte sein, daß ich Sie noch einmal sprechen möchte.«

»Was geht denn hier vor?« fragte Ronnie, ohne dabei jemand
bestimmten anzusehen.

Hackenbowne zupfte an seinem linken Ohrläppchen. »Ich

weiß nicht, ob das, was heute passiert ist, irgend etwas mit dem zu tun hat, was in Newport vorgefallen ist, oder mit diesem Überfall neulich nachts. Für mich sieht es immer noch so aus, als wären Sie in irgendeine Schießerei zwischen Gewerkschaften geraten. Vielleicht hält man Sie für jemand anderen oder meint, daß Sie für irgendeine Firma arbeiten, die die Gegenseite nicht mag. Ich weiß es nicht und werde es wahrscheinlich nie wissen. Aber was auch immer es sein mag, je schneller ich Sie aus dieser Stadt heraushabe, desto besser ist das. Wann sind Sie mit den Dreharbeiten fertig?«

»Wir wären heute fertig geworden«, antwortete Tony. »Jetzt müssen wir morgen drehen und werden am Tag darauf abfliegen.«

»Tun Sie das, Sie würden mich damit glücklich machen.«

Ich zupfte an Hackenbownes Ärmel. »Glauben Sie, daß wir in Gefahr sind?« fragte ich.

Hackenbowne zog die Augenbrauen hoch. »Ich werd mir jeden Verdächtigen schnappen, der mir in den Sinn kommt und der in dieser Branche tätig ist«, sagte er. »Außerdem werd ich ein paar Männer hierlassen, einfach um die Dinge im Auge zu behalten ... Und was Sie angeht« – er lächelte mich an, keineswegs unfreundlich –, »ich werde dafür sorgen, daß ein Mann die ganze Nacht vor Ihrer Tür Wache hält. Macht Sie das glücklich?«

Die anderen lachten, aber mir machte es nichts aus. »Ich bin entzückt«, antwortete ich, »der glücklichste Mensch auf der Welt.«

Ich ging zu meinem Zimmer zurück und schloß mich ein. Es gab eine ganze Menge Dinge, die ich lieber getan hätte, aber in diesem Augenblick schien mir nichts davon möglich. Ich holte eine Flasche Gin aus dem Kühlschrank – die leere war ersetzt worden –, stellte sie dann aber wieder weg. Ich war vom vergangenen Abend noch ziemlich angeschlagen, und ich empfand Trauer für Ermal und die beiden anderen. Ich wußte nicht einmal, ob sie Kinder oder Frauen hatten. Peng!

Einfach so. Und nichts von ihnen übrig außer Blut am Fenster.

Es dauerte nicht lange, bis ich mich doch dazu durchrang, einen Drink zu nehmen, also goß ich mir einen großen ein und setzte mich damit an den Schreibtisch. Was würde der Reverend jetzt tun? Würde er bald kommen und mich holen? Schließlich verlangte das die Logik der Lage, und in gewisser Weise wünschte ich es mir beinahe; das wäre dann wenigstens ein Ende dieser Unsicherheit.

Ich zog eine Schublade auf und holte einen kleinen Stapel Postkarten heraus, den ich am Tag meiner Ankunft am Empfang gekauft hatte. Ich hatte bis jetzt noch keine einzige davon abgeschickt, und die Leute sind immer verletzt, wenn man das nicht tut. Jetzt war vielleicht dafür der richtige Zeitpunkt. Ich nahm einen Kugelschreiber und dachte wieder an Ermal. Wie konnte ich eine Postkarte schreiben, wenn ich gerade etwas so Schreckliches gesehen hatte und überzeugt war, daß mir jeden Augenblick dasselbe widerfuhr? »In Kalifornien ist's herrlich. Ich war in Santa Barbara und Disneyland. Habe heute gesehen, wie drei Männer in die Luft gejagt wurden, nette Burschen, alles trieft von Blut. Los Angeles wird nie langweilig. Alles Liebe, Del.«

So ging das nicht. Auf dieser Reise würde es keine Postkarten geben, keine Nachrichten, die mich überdauerten. Ich füllte mein Glas nach. Das einzige, was mir übrigblieb, war abzuwarten, bis es dunkel wurde, und dann Angela anzurufen. Für mich war die Zeit gekommen, die Flucht anzutreten.

Als ich aufwachte, fror ich. Ich war auf meinem Bett eingeschlafen, und der Speichel war mir aus dem Mundwinkel auf das Kopfkissen geronnen. Ich schwang die Füße auf den Boden und wischte mir mit dem Handrücken über den Mund. Während ich geschlafen hatte, war die Dämmerung, nach der ich mich so sehnte, von draußen hereingekrochen und hatte jeden Winkel meines Zimmers besetzt. Ohne das Licht einzuschalten, ging ich zu dem großen Fenster und sah hinaus.

Der Tag war auf dem Rückzug, und alles, was ich sehen konnte, war die Bergkette am Horizont und die Bäume, die wie aus Pappe geschnittene Silhouetten aussahen.

Ich duschte und zog mich besonders sorgfältig an, nahm meine wärmsten und dunkelsten Kleider: einen Pullover und ein Jackett, das ich mir über die Schulter warf. Ich nahm alles Geld, das ich hatte, meinen Paß und meine Kreditkarte.

Ich trat in den Korridor hinaus und sperrte die Tür hinter mir ab. Draußen saß ein Polizist auf einer Bank. Ich ging auf ihn zu und sagte: »Ich geh ins Restaurant, zum Abendessen.«

Der Polizist hob die Hand als Zeichen, daß er mich gehört hatte, und dabei ächzte das Leder seines Pistolenhalfters. »Am besten gehen Sie über die Straße«, sagte er.

Vor dem Restaurant war eine Menge Arbeit verrichtet worden. Das Wrack des Wagens war verschwunden, man hatte die Blutflecken weggeschrubbt, die Topfpflanzen ersetzt und selbst das Fenster bereits wieder neu verglast. Abgesehen von den drei oder vier Polizisten, die am Hoteleingang herumstanden, war alles wieder ganz normal.

Ich war für das Abendessen ziemlich früh dran, aber das gehörte mit zu meinem Plan. Ich wollte, daß die anderen mich sahen, ehe ich wegging. Ich wollte, daß sie erst am folgenden Morgen anfingen, nach mir zu suchen – bis dahin würde ich bereits in San Francisco sein und an Bord einer Maschine nach Heathrow gehen.

In der Bar war die Aperitifstunde, doch keiner meiner Kollegen war zu sehen. Ich bestellte mir einen Drink und trug ihn an einen Tisch an der Wand in der Nähe der Telefonzelle. Ich stellte mein Glas auf den Tisch und wählte Angelas Nummer. »Ich bin gerade in der Bar angekommen«, sagte ich. »Ich werde bald frei sein.«

»Komm in eineinhalb Stunden zum Highway hinunter«, sagte sie. »Der Fahrer wird, wenn er dich sieht, zweimal seine Lichthupe betätigen. Ich erwarte dich dann an der Busstation. Der Bus nach San Francisco kommt dort eine ganze Weile vor dem ersten Flug nach London an. Okay?«

»Okay«, sagte ich und legte den Hörer auf.

Ich ließ meinen Drink stehen und ging ins Restaurant, wo Wasserbett mir den Tisch zeigte, der immer für uns reserviert war. »Sie sind der erste«, sagte sie. »Nick hab ich noch nicht gesehen.«

Ich bestellte mir Fisch und einen Salat sowie eine Flasche Napa-Valley-Weißwein. Ich aß langsam und dachte darüber nach, wie ich hier weggehen konnte, ohne Aufmerksamkeit zu erwecken. Es gab einen breiten Korridor, der zu den Küchen führte. Auf halbem Weg dorthin waren die Toiletten und dahinter eine große Lieferantentür, die selten geschlossen wurde. Das würde mein Fluchtweg sein. Die Bullen draußen würden meinen, ich sei noch drinnen. Und wer auch immer mich im Auftrag der Mexikaner im Auge behielt, würde – das hoffte ich – mein Verschwinden erst dann bemerken, wenn ich schon lange weg war. Dasselbe sollte auch für die Leute des Reverends gelten, wer auch immer es war und wo auch immer sie sein mochten.

Ernie kam, setzte sich neben mich und nahm sich die Speisekarte vor. »Bist aber früh dran«, stellte er fest.

»Ich will mich früh schlafen legen«, antwortete ich. »Ich fühl mich nicht besonders gut . . . du weißt schon, nach dem, was passiert ist.«

Ernie schob das Kinn vor und gab sich Mühe, hart zu blicken. »Ja«, sagte er. »Ich denke, ich werd mir ein schönes Steak bringen lassen, blutig.« Er grinste und schenkte sich ein Glas Wein ein. »Tony und Alex fliegen morgen.«

»Morgen!«

»Anscheinend sind die Bullen der Ansicht, je weniger von uns hier sind, desto besser. Wir drehen die letzten Einstellungen und reisen am Tag darauf ab. Ronnie hat schon eine Liste gemacht, was er noch drehen möchte.«

»Prima«, sagte ich, »wirklich prima. Warum können wir nicht heimfliegen?«

Ernie lachte. »Jetzt reg dich nicht auf. Ich habe heute mit den Bullen geredet, und die sagen, wir brauchten uns keine Sorgen zu machen. Tony hat Pech gehabt, er ist irrtümlich für irgend jemand anderen verprügelt worden, das ist alles. Und uns übrigen ist ja nichts passiert. Die Bullen wissen schon, wovon sie reden. Die erleben so etwas ja jeden Tag. Diese Geschichte in Newport – die waren an der Ausrüstung interessiert, nicht an uns ... Und die drei Typen, die heute morgen umgebracht wurden, nun, da geht es nur darum, wer was und an wen vermietet. Das ist in Hollywood ein Riesengeschäft, da geht es um Millionen von Dollar im Jahr. Du wirst sehen, jetzt wird sich alles beruhigen. Das haben die Bullen gesagt.«

Ernies Vorspeise kam, und er fing zu essen an. Ronnie setzte sich zu uns, und ich konnte Nick am Eingang zum Restaurant sehen; er redete mit Wasserbett. Ich machte keine Anstalten, auf Ernies Gespräch einzugehen. Ich hätte ihm sagen können, daß ich als nächster auf der Liste der Mexikaner stand, aber nachdem ich nicht mehr lange da sein würde, sparte ich mir die Mühe.

Kurz darauf kam Nick an den Tisch, und Wasserbett stellte sich dicht neben seinen Stuhl, um seine Bestellung entgegenzunehmen. Er hielt die Speisekarte mit der einen Hand, die andere war nicht zu sehen, damit strich er ihr über die Schenkel. Ein Lächeln lag über seinem Gesicht, und sie schob ihren Schenkel gegen seine Hand. Ich trank meinen Kaffee aus, sah auf die Uhr und stand auf.

»Gehst du schon?« fragte Ronnie.

»Nur noch einen kurzen Schlaftrunk in der Bar«, sagte ich, »dann geh ich ins Bett.«

Die anderen sagten gute Nacht, und ich ging. Ich fädelte mich zwischen den Tischen hindurch und ging den Gang hinunter zur Toilette. Dort wartete ich ein oder zwei Minuten und ließ die Tür ein paar Fingerbreit offenstehen, um ins Restaurant sehen zu können. Alex und Tony waren inzwischen eingetroffen und lasen die Speisekarte. Soweit ich das beurteilen konnte, hatte mein Aufbruch nirgends besonderes Interesse erweckt.

Ich wartete noch ein wenig, erregt und verängstigt, dann ging ich schnell zur Lieferantentür und trat ohne eine Sekunde zu zögern, wie ein Mann, der mit dem Fallschirm aus einem Flugzeug abspringt, in die Dunkelheit hinaus.

Draußen angelangt, bog ich nach links und lehnte mich gegen die Mauer, um meine Lage noch einmal kurz zu überdenken. Ich atmete leise und lauschte. Ich hatte noch nie so etwas gemacht, und die einzige Erfahrung, auf die ich zurückgreifen konnte, stammte aus der Lektüre von Thrillern und aus Filmen. Ich wußte, daß ich geduldig sein mußte – mich längere Zeit ganz still verhalten mußte, um mich nicht an jemanden zu verraten, der vielleicht auf mich lauerte.

Nicht weit von mir konnte ich die dunklen Silhouetten von ein paar Büschen sehen und dahinter einige Bäume. Dort, wo ich stand, gab es kein Licht, sah man von dem gelben Schein ab, der unter der Tür neben mir hervordrang. Sonst herrschte völlige Schwärze.

Ich blieb eine Weile reglos stehen, ehe ich mich bewegte, aber als ich das tat, tat ich es gut. Ich duckte mich und huschte wie ein Schatten über die Lieferanteneinfahrt, direkt auf die schützende Deckung zu. Dort angelangt, preßte ich mich an einen Baumstamm und wartete erneut. Ich hörte nichts, und meine Stimmung stieg. Noch eine Stunde oder etwas mehr, und ich würde im Bus nach San Francisco sitzen, frei von Los Angeles und all seinem Wahnsinn.

Langsam, sehr langsam arbeitete ich mich durch den Hotelpark, kroch verstohlen zwischen den Büschen auf den Highway zu. Immer wieder hielt ich inne und lauschte, ob ich nicht doch verfolgt wurde. Aber kein Laut drang aus der Nacht zu mir – kein Laut außer dem fernen Stöhnen des Verkehrs auf der Straße.

Endlich erreichte ich die Grenze des Hotelgeländes. Ich stand neben einem Baum und sah auf die Uhr. Es war zehn Minuten vor der festgesetzten Zeit, aber als die festgesetzte Zeit kam, kam auch das Taxi und bremste vielleicht fünfzig Meter vor mir. Im gleichen Augenblick blitzten seine Scheinwerfer zweimal auf, und ich ging, immer noch im Schatten, darauf zu.

Als der Fahrer mich sah, schob er den Arm aus dem Fenster, griff hinter sich und öffnete die Tür. Ich kam näher und verschwand im Wagen; das geschah mit der Schnelligkeit einer Ratte, die in einem Abflußrohr verschwindet; ich warf mich auf den Rücksitz.

»Zur Busstation«, sagte ich, »so schnell Sie wollen.«

»Okay«, kam eine Stimme über den Lautsprecher, »ich weiß, wo es hingehen soll. Kein Problem.«

Ich starrte zum Fenster hinaus, als wir das Treetops hinter uns ließen. Wenn jemand mir folgte, dann würde ich jetzt ihren Wagen aus der Hoteleinfahrt kommen sehen – aber ich sah nichts. Ich grinste. Da gab es drei Gruppen von Leuten, die mich bewachten, darunter sogar die Polizei von Los Angeles, und ich war ihnen allen entwischt.

Der Wagen wurde schneller und fädelte sich in einen Freeway ein. Das war das erste Los-Angeles-Taxi, in dem ich fuhr, und ich stellte fest, daß es zwischen mir und dem Fahrer eine kugelsichere Glastrennwand gab und dahinter ein kräftiges Drahtnetz. Außerdem stellte ich fest, daß auf meiner Seite der Türen auch keine Handgriffe waren. Das sollte wahrscheinlich verhindern, daß die Fahrgäste wegrannten, ohne zu bezahlen. Ich lächelte. Was für eine Stadt war das doch, wo die Taxifahrer sich so schützen mußten. Ich war froh, bald wieder zu Hause zu sein.

Doch lange hielt das Gefühl nicht an. Die meiste Zeit, die ich in Los Angeles verbracht hatte, war ich von jemand anderem herumgefahren worden, und so gab es in dem Labyrinth von Straßen und Highways für mich keine klare Vorstellung, wo Norden, Süden, Osten oder Westen war. Ich hatte keine Ahnung, wo die Busstation in bezug auf das Treetops war oder auch nur, ob wir auf sie zufuhren oder nicht. Und so begann ich, während wir so dahinfuhren, langsam unruhig zu werden. Schließlich wußte ich wie jeder andere auch, daß amerikanische Taxifahrer äußerst geschwätzig waren. Aber meiner hatte kein Wort gesagt seit seinem »kein Problem«. Dann verließen wir den Freeway, und all die alten Ängste stellten sich wieder ein, ließen sich rund um mein Herz nieder wie für eine lange, kalte Jahreszeit.

Ich rutschte auf dem Sitz nach vorn und spähte wie eine alte Frau aus dem Fenster. Wir befanden uns jetzt, wie selbst ich erkennen konnte, in einem der heruntergekommeneren Viertel von Los Angeles. Es gab keine Straßenlaternen auf den Straßen, und ich konnte beiderseits der Straße nur die seltsamen Umrisse auffälliger einstöckiger Bretterbuden erkennen, hier und da mit einer Porch davor, die nach links oder nach rechts eingesackt war.

Bald verlangsamte das Taxi seine Fahrt fast auf Fußgängertempo und begann sich mühsam zwischen Schlaglöchern hindurchzuschlängeln, wo der Asphalt abgewetzt war, so daß die Erde darunter freilag.

»Wo fahren wir hin?« schrie ich. »Hier geht's doch nicht zur Busstation!«

»Ruhig Blut«, kam die Stimme. »Ich weiß schon, was ich tue«, und ich hörte, was ich schon vorher hätte hören sollen – den mexikanischen Akzent.

Ich inspizierte die Türen erneut, aber es gab wirklich keine Möglichkeit, sie zu öffnen. Ich krampfte meine Hände ineinander und biß mir auf die Unterlippe, um nicht zu wimmern. Ich hatte mit meiner Flucht aus dem Treetops niemanden hereingelegt und war selbst auf den ältesten Trick hereingefallen, wo ich ihn doch hätte vorhersehen müssen. Der Wagen eines Freundes, den man mir geschickt hatte, war durch einen von einem Feind ersetzt worden. Jetzt hatten die Mexikaner, oder besser gesagt die, in deren Dienst sie standen, mich genau dort, wo sie mich haben wollten – und der Bus nach San Francisco war auf einem anderen Planeten.

15

In dem Augenblick, in dem der Wagen anhielt, ging eine Tür auf, und ich wurde in die warme Nacht hinausgezerrt. Ich wollte um Hilfe schreien, aber offenbar hatte man das schon erwartet, denn mich trafen zwei harte Schläge, einer in den Leib und einer in die Nieren. Der Atem wurde mir in einem einzigen Keuchen aus dem Leib getrieben, und ich fiel zu Boden.

Der Schmerz war wie nichts, was ich je gekannt hatte, und ich war davon gelähmt. Ich dachte, ich müßte ersticken, und geriet in Panik, schrie, brachte aber keinen Laut hervor. Ich wurde in die Höhe gerissen und über einen ausgetrampelten Weg geschleppt, ein paar Stufen hinauf und in eine Art Baracke hinein, wobei meine Füße die ganze Zeit am Boden entlangscharrten.

Ich nahm wahr, daß hinter mir eine Tür zuschlug, während man mich durch einen Gang und dann in einen großen Raum zerrte. Die Beleuchtung dort kam von einer einzelnen Glühbirne, die von der Decke hing. In ihrem Licht konnte ich drei Männer erkennen, die auf Küchenstühlen saßen und kleine Zigarren rauchten. Mitten im Raum stand ein großer Tisch, der wie ein Folterinstrument aussah und an dessen Stirnseite zwei große Metallringe angeschraubt waren.

Jetzt knickten die groben Hände, die mich festhielten, meinen Körper von der Hüfte ab, und man klebte meine Beine mit Klebeband unten an den Tischbeinen fest. Gleichzeitig zerrte man mir die Arme nach vorn und band meine Handgelenke an den Metallringen fest. Dann fuhr jemand mit einem Messer unter den Kragen meines Jacketts und fetzte mir Jakkett und Hemd vom Rücken. Dasselbe Messer schlitzte den Rest meiner Kleider auf, und das Blut rann mir dort, wo die Klinge die Haut aufgerissen hatte, in einem dünnen Rinnsal herunter. In den zwei oder drei Sekunden, die vergangen waren, seit man mich in den Raum geschleppt hatte, hatte man mich bewegungsunfähig und hilflos gemacht. Am Tisch festgebunden, war ich wie ein abgehäuteter Hase mit dem Arsch in der Luft.

»Bitte«, wimmerte ich, »bitte, tun Sie mir nicht weh.« Ich hörte, wie Wasser auf den Boden traf und die Vorderseite meines Körpers warm wurde. Ich pinkelte unkontrolliert. Gelächter ertönte, und jemand sagte: »Er ist wirklich hübsch. Ich will der erste sein.«

Ich begann am ganzen Körper zu zittern und fing zu weinen an, ein tiefes Schluchzen abgrundtiefer Angst. Das Leben hatte mir schon früher Furcht bereitet, aber nichts, was ich je erfahren hatte, hatte mich auf das hier vorbereitet.

»Bitte«, sagte ich wieder, »bitte.«

Einer der Zigarrenraucher schob seinen Stuhl zurecht und setzte sich rittlings darauf, stützte die Arme auf die Lehne und senkte seinen Kopf, so daß er fast auf gleicher Höhe mit dem meinen war. Es war Baeza, der Mann, den wir in Newport gesehen hatten. Er blies auf seine Zigarre, bis die Spitze hellrot glühte, und hielt sie mir dann ganz dicht vor die Augen, und als ich versuchte, das Gesicht abzuwenden, packte er mich am Haar und hielt meinen Kopf fest.

»Ich kann dich blenden«, sagte er, »indem ich dir diese Zigarre in die Augen drücke.«

»Glauben Sie mir«, sagte ich, »ich würde Ihnen alles sagen, wenn ich das könnte.«

Baeza blies mir Rauch ins Gesicht. »Oder wir könnten dich in die Wüste bringen und zusehen, wie du verdurstest ... wir könnten dir auch einfach die Eier abschneiden ... ein hübsches kleines Mädchen aus dir machen.«

Ich schluchzte wieder, diesmal viel lauter. »Ich würde es Ihnen sagen, wenn ich könnte. Sehen Sie das denn nicht?«

Ich fühlte, wie eine Hand mir über die Hinterbacken strich, und meine Eingeweide lösten sich auf. Ich kämpfte gegen den Tisch an, versuchte meine Arme und Beine zu bewegen, aber ich war hilflos.

»Weißt du«, sagte Baeza, »auf den Straßen hier gibt es eine Menge Leute, die es recht aufregend finden, wie du dich hier so vorbeugst, sexuell mein ich. Wir könnten Eintrittskarten für dich verkaufen, Hunderte.«

»Der Mann, den Sie suchen, ist in London getötet worden.«

»Ja«, sagte Baeza, »das wissen wir. Aber der Reverend brauchte einen Ersatzmann, und dieser Ersatzmann warst du.«

»Ich habe Rapps nicht einmal gekannt«, sagte ich. »Das einzige, was ich weiß, ist, daß er ums Leben gekommen ist und daß der Kameramann mich für ihn eingestellt hat. Vielleicht hat Rapps die Diamanten verkauft und das Geld auf die Bank gebracht. Es könnte irgendwo liegen.«

»Ja, das stimmt«, sagte Baeza, »aber der Reverend ist überzeugt, daß du es hast . . . und für mich reicht das.«

»Der Reverend täuscht sich«, sagte ich. »Dazu würde mir der Mumm fehlen.«

Baeza hob eine Hand, und plötzlich tauchte dicht bei meinem Gesicht ein kleiner Kassettenrecorder auf dem Tisch auf. »Das meint deine Frau auch«, sagte er; und im nächsten Augenblick hörte ich ihre Stimme, klar und völlig unwirklich.

»Oh, dazu könnten Sie ihn nie bewegen«, sagte sie, und ich konnte sie vor mir sehen, wie sie aufgerichtet und mit übereinandergeschlagenen Beinen dasaß. »Dazu hat er nicht den Mut, moralisch nicht und physisch auch nicht.«

Jetzt sprach eine andere Stimme, aber sie war weiter vom Mikrofon entfernt, und ich konnte nicht hören, was sie sagte.

Meine Frau lachte. »Weil er sein ganzes Leben lang im Filmgeschäft war und immer noch Assistent ist . . . Er hat einfach nicht den Mumm zum Aufstieg. Sehen Sie sich doch all diese Bücher an, alle über Filme. Diese Sammlung von Videobändern – Filme. Eine Traumwelt. Er sagt immer, er würde gern Dokumentarfilme machen, etwas Richtiges. Und was macht er? Scheiße macht er. Er hat diesen Job in Los Angeles nur bekommen, weil jemand im letzten Augenblick umgekommen ist. Sie hätten ihn hören sollen, bevor er abreiste . . . Angst vor dem Fliegen, Angst, einem großen Star wie Deegan zu begegnen, Angst vor der Crew. Sparen Sie sich die

Mühe, ihm den Job anzubieten . . . er wird ihn ja doch ablehnen . . . Er ist ein Wurm, sonst nichts, das garantiere ich Ihnen . . .«

Baeza schaltete das Gerät ab, und ich drehte den Kopf etwas zur Seite, um ihn anzusehen. »Sie hat recht«, sagte ich, »sie hat verdammt recht.«

Baeza nickte. »Ich nehme das fast auch an«, sagte er, »aber unglücklicherweise steht so viel Geld auf dem Spiel, daß wir es uns einfach nicht leisten können, ein Risiko einzugehen.« Er erhob sich von seinem Stuhl, und jemand anderer trat rechts neben mich. Ich drehte wieder den Kopf zur Seite und sah die Nadel einer Injektionsspritze glitzern.

»Nein«, sagte ich, »bitte nicht. Ich will nicht sterben . . . bitte. Sie hat Ihnen die Wahrheit gesagt. Ich bin es nicht wert, daß man mich umbringt. Ich bin ein Niemand. Ich weiß nicht . . .« Ich fühlte, wie die Nadel durch meine Haut drang, und der letzte Rest meiner Selbstkontrolle ging in meiner ganzen Verzweiflung in Stücke. Ich schrie mit aller Kraft gegen den Tod an, meine Lunge platzte, und ich riß meinen Mund weit auf. Dann ging mein Schluchzen in Wehklagen über, und meine Worte wurden zusammenhanglos.

Aber für mich waren sie nicht zusammenhanglos. Ich sagte all die Dinge, von denen ich immer gehofft hatte, daß ich sie nie sagen würde, und sie waren genau das, was ich immer gewußt hatte, daß ich es in dem Augenblick sagen würde, wo ich mich der Drohung des Todes ausgesetzt sah. »Lieber Gott, ich will alles tun, wenn du mich nur noch ein wenig länger leben läßt.«

Das letzte, was ich sah, war die große Messingschnalle an Baezas breitem Gürtel. Ein erhaben geprägtes Bild eines Cowboys, der auf einem sich aufbäumenden Pferd saß. Langsam wurde es unscharf, dann glänzte es hell und wurde eine wunderschöne goldene Sonne, und dann stumpfte es ab, und ich fiel in einen tiefen, langen Schlaf.

Ins Bewußtsein zurückzufinden, war eine lange, mühsame

Angelegenheit. Es fing an mit einem kleinen, kaum wahrnehmbaren Licht, das allmählich größer wurde. Ich hatte keine Ahnung, was das für ein Licht war oder wer es beobachtete. Es war einfach Licht. Wenn ich überhaupt ein Bewußtsein hatte, dann war dieses Licht ein Teil des Universums, denn es gab keinen Unterschied zwischen den beiden. Nach einer Zeitspanne, die mir wie eine Ewigkeit vorkam, breitete das Licht sich aus und wurde kräftiger. Mein Bewußtsein schrumpfte ein, und je mehr es einschrumpfte, desto näher rückte mir ein ferner Schmerz. Ein quälender Schmerz in meinem Schädel manifestierte sich als ein Durcheinander ausgefranster Farben, die in meinem Schädel gegeneinander ankämpften. Dann definierte sich mein Körper, tat weh, jeder Muskel schmerzte. Ich stöhnte und war selbst überrascht, wie laut dieses Geräusch war. Ich bewegte meine Zunge, und sie fühlte sich so starr und so rauh wie eine Feile an.

Dann fing ich an, mich an Dinge zu erinnern, und eine Weile hielt ich mich so reglos, wie ich konnte. Ich verspürte nicht den Wunsch, herauszufinden, was sie mir angetan hatten. War ich blind oder nicht? Wie lange war ich weg gewesen – einen Tag, eine Woche, einen Monat?

Schließlich fand sich in mir ein letzter Rest von Mut, und ich schlug die Augen auf, und ein graues frühes Morgenlicht filterte in sie hinein. Ich lag auf dem Rücken und fröstelte. Mein ganzer Körper war eiskalt. Ich versuchte mich aufzusetzen, konnte mich aber nicht bewegen. Übelkeit erfaßte mich, und eine Welle von Erbrochenem spülte aus den tiefsten Tiefen meines Magens herauf. Ich wälzte mich auf die Seite, aber ich war nicht schnell genug, und das, was ich erbrach, floß an mir hinunter. Ich schloß die Augen und preßte mein Gesicht in die Erde, atmete in kurzen, hektischen Zügen, um soviel Sauerstoff wie möglich in mich hineinzubekommen.

Erde? Ich schlug erneut die Augen auf und erstarrte. Eine Ameise krabbelte vorbei. Da gab es ein oder zwei Grashalme,

ein paar Kieselsteine und Scherben einer Windschutzscheibe. Ich stemmte mich auf Ellbogenhöhe hoch und sah
mich um.

Ich befand mich im ausgebrannten Wrack einer Limousine,
die man mitten auf ein unebenes Stück Terrain voll Unrats
gekippt hatte – da gab es Lehnsessel, Herde, Reifen und Bierdosen. Der Platz selbst bedeckte ein großes Areal und war
allseits von ungeteerten Straßen eingegrenzt. Entlang dieser
Straße standen die Hütten und Häuserwracks, in denen die
Armen von Los Angeles wohnten. Wenn man ganz unten angelangt war, kam man hierher.

Es war kurz nach Anbruch der Morgendämmerung, und auf
den Straßen regte sich nichts. Ich stemmte mich an dem Wagen hoch, riß einen Streifen Filz aus dem Dachhimmel und
versuchte mich damit sauberzuwischen. Ich fragte mich, ob
ich wohl würde gehen können. Was war das für eine Droge,
die sie in mich hineingepumpt hatten? Möglicherweise war
ich wochenlang in jenem Haus gewesen; vielleicht gab es
keine Hilfe mehr für mich, und die Saat des Todes wuchs bereits in mir. Aber irgendwie mußte ich das genau wissen. Ich
mußte hier weg, zurück zum Hotel. Was wußte ich denn
schon? Vielleicht waren die anderen schon lange verzweifelt
nach Hause gereist und hatten mich alleine und ohne einen
Penny zurückgelassen. Als der Gedanke mich überkam,
durchsuchte ich meine Taschen, aber es war alles da: der Paß,
Geld, der Hotelschlüssel und die Kreditkarte.

Ich kroch auf Händen und Knien aus dem Wrack. Dann ver-
harrte ich eine Weile so, wie ich war, und schüttelte den
Kopf. Die beiden Hälften meines Jacketts fielen zu beiden
Seiten von mir herab, die Hose auch. Vier mexikanische
Frauen kamen auf dem Weg zur Arbeit an mir vorbei; sie sa-
hen mich an und wandten sich wieder ab.

Nach einiger Mühe schaffte ich es, mich auf eine alte Kiste zu
setzen und mein Jackett mit ein paar Stücken Draht wieder
zusammenzuheften. Für die Hose riß ich ein paar Stücke von
dem klebrigen Band von den Knöcheln und reparierte sie auf

diese Weise. Dann richtete ich mich schwankend auf, fiel hin, stand erneut auf und begann quer über den Müllplatz auf die Straße zuzuschlurfen.

Als ich sie erreicht hatte, fuhr ein Wagen vorbei, dessen Stoßdämpfer ächzten, als er über das unebene Areal holperte. Ich folgte ihm, immer noch stolpernd, in der Hoffnung, daß mir nicht noch einmal übel wurde. Von Zeit zu Zeit kamen Leute aus ihren Häusern, Mexikaner, und einige starrten mich an und zuckten die Achseln. Andere lachten.

Die Szenerie blieb immer dieselbe: überall Bretterhütten mit geflickten Dächern, und dort, wo sie nicht geflickt waren, waren einfach Löcher. Die Straße war aufgesprungen und mit Staub und Schmutz und Ziegelsteinen bedeckt. Hier und dort lagen schwarze Autoreifen, und zwischen weichen Hundehäufen konnte man Glassplitter blitzen sehen. Selbst am frühen Morgen flimmerte der Gestank rings um mich und über meinem Kopf.

Es war eine lange Straße, und von Zeit zu Zeit mußte ich stehenbleiben und mich an einen Zaun oder an ein Tor lehnen. Endlich hatte ich ihr Ende erreicht und fand mich auf einer Art Boulevard. Es gab ein Namensschild an der Ecke, aber es sagte mir nichts. Ich wartete. Ich winkte vier oder fünf Taxis herbei, aber sie ignorierten mich. Für sie war ich nur ein Landstreicher ohne Geld. Das brachte mich auf die richtige Idee; ich zog einen Zwanzigdollarschein aus der Tasche und fuchtelte damit herum. Kurz darauf hielt ein Taxi an, aber dem Fahrer schien mein Anblick nicht zu gefallen. Er rümpfte die Nase. Ich drückte ihm den Zwanziger in die Hand und legte noch einen darauf. »Man hat mich überfallen«, sagte ich. »Bitte bringen Sie mich zum Treetops Hotel, das ist in North Hollywood.«

Nach einem weiteren Augenblick der Überlegung nickte der Fahrer, und ich stieg ins Taxi. Es gab keine Trennscheibe, und die Hintertüren hatten Griffe. »Haben Sie die heutige Zeitung?« fragte ich.

»Sicher«, sagte der Mann und warf sie mir nach hinten. »Wundert mich, daß Ihnen nach Lesen ist.«

Ich sah auf das Datum, und das Herz schwoll mir vor Freude. Dieser frühe Morgen war der Morgen nach der Nacht meines Fluchtversuchs. Ich lehnte mich in meinen Sitz zurück, und nach all der Angst, all der Spannung fand ich mich wieder am Leben. Große Tränen der Erleichterung rannen mir über die Wangen, und ich konnte mich nicht länger unter Kontrolle halten. Ich schluchzte vor Glück.

Der Taxifahrer sah in seinen Rückspiegel, und ich sah die Besorgnis in seinem Gesicht. »Junge«, sagte er, »die müssen Sie ganz schön hergenommen haben. Geh'n Sie nur gleich zu einem Arzt . . . ich verlaß mich auf Sie, okay?«

Als wir das Treetops erreicht hatten, fuhr mich das Taxi am Empfang vorbei, und ich sah, daß dort immer noch ein Polizeiwagen stand. Wir fuhren auf den kleinen Parkplatz vor Pavillon sieben, und ich versuchte meinem Fahrer noch etwas Geld zu geben, aber er lehnte ab.

»Aber eines würd ich Sie gern fragen«, sagte er, und man konnte die Verblüffung in seinem Gesicht lesen. »Wie kommt es, daß die Ihnen all das Geld gelassen haben?«

»Das hatte ich in den Socken versteckt«, sagte ich und gab ihm damit die erste Antwort, die mir in den Sinn kam.

Der Fahrer schüttelte den Kopf und lächelte. »Nun, Sie haben wirklich Glück gehabt. Normalerweise schneiden einem diese Typen die Füße ab und heben sich die Schuhe und Socken für später auf.«

Vor meiner Tür war kein Polizist zu sehen, und so konnte ich mein Zimmer unbemerkt betreten. Wieder kamen mir Tränen der Erleichterung, und ich gab mir keine große Mühe, sie zurückzuhalten. Ich warf meine Kleider in eine Ecke, bestellte mir Frühstück und ließ mir ein heißes Bad einlaufen, in das ich eine halbe Flasche Kölnisch schüttete. Ich trank etwas Mineralwasser aus dem Kühlschrank, und als das Frühstück kam, trug ich das Tablett ins Bad, setzte mich in die Wanne und frühstückte dort.

Als das Essen und das heiße Wasser anfingen, auf mich ein-
zuwirken, begann ich mich besser zu fühlen. Auf seltsame
Weise hatte ich das Gefühl, etwas erreicht zu haben: als wäre
ich durch das Feuer gegangen und gestärkt aus ihm hervor-
gegangen, ja geradezu geläutert. Ich war nicht tapferer als zuvor, das würde ich nie sein, aber ich hatte jetzt keine Angst
mehr und konnte mich selbst klarer sehen. Die Mexikaner
hatten mich laufenlassen. Sie mußten also zu dem Schluß gelangt sein, daß ich ihnen schließlich doch die Wahrheit gesagt hatte und nicht wert war, daß man mich umbrachte. Dafür zumindest mußte ich dankbar sein.

Meine Frau hatte in der Beschreibung meiner Person völlig
recht gehabt. Im Laufe der Jahre war jeglicher Ehrgeiz, den
ich versucht hatte, in mir aufzubauen, völlig untergegangen,
war aus Mangel an Mut und Zielsetzung zugrunde gegangen. Jetzt, in meinem Alter, verspürte ich nicht den leisesten
Wunsch nach irgend etwas anderem als einem Leben in
Ruhe. Ich wollte nicht auffallen und nicht bedroht werden;
ich wollte keine großen Dinge tun. Diejenigen, die Großes
taten, waren nach meiner Erfahrung auch keine besseren
Menschen als ich. Das Schicksal hatte mich zu einem Kameraassistenten gemacht, nicht zu einem Diamantenschmuggg-
ler und auch nicht zu einem Privatdetektiv. Ich wollte nicht
durch die bösen Straßen dieser oder irgendeiner anderen
Stadt gehen. Ich wurde von einem mächtigen, schmutzigen
Strom mitgeschwemmt und war unfähig, gegen die Strö-
mung anzuschwimmen, die für mich zu stark war. Alles, was
ich tun konnte, alles, was ich tun wollte, war, mich an das
Stück Holz zu klammern, an dem ich mich hatte festhalten
können, wollte es nicht loslassen und hatte nichts anderes im
Sinn, als meinen Kopf über Wasser zu halten. Das war für
mich genügend Anstrengung.

Die Kuhglocke im Telefon klingelte, und ich hob den Arm
aus dem Wasser und griff nach dem Hörer an der Wand hinter mir.

»Hallo«, sagte Ernie, »gut geschlafen?«

Ich zögerte nur eine Sekunde, ehe ich die Lüge aussprach, ganz instinktiv. Und dann sagte ich: »Ja, wie ein Murmeltier.«

»Gut. Ich will die Ausrüstung abholen. Nick und Ronnie und ich wollen schnell frühstücken und dann die letzten Einstellungen erledigen.«

»Und was ist mit mir?«

»Oh, wir kommen schon klar«, sagte Ernie. »Die meisten Einstellungen sind vom Wagen aus, und alle Magazine sind ja geladen, oder? Jedenfalls möchte Tony, daß du mit ihm und Alex zum Flughafen fährst und den Wagen dort bei der Mietgesellschaft abgibst.«

»Okay. Wann denn?«

»Ich erkundige mich. Aber ich denke nicht vor elf. Ich sag es dir, wenn ich die Ausrüstung hole.«

Ich legte den Hörer auf die Gabel zurück und drehte mit den Zehen den Warmwasserhahn auf, weil ich gemerkt hatte, daß das Wasser etwas abgekühlt war. Ich hatte den Mexikanertest ganz alleine bestanden, aber wenn ich aus Los Angeles entkommen wollte, würde ich dem Reverend noch einmal gegenübertreten müssen. Das war keineswegs eine Aussicht, die mich mit Entzücken erfüllte, doch wenigstens eine, der ich mich jetzt besser gewachsen fühlte.

16

Um elf Uhr war ich Tony und Alex dabei behilflich, ihr Gepäck in der Limousine zu verstauen. Es waren so viele Koffer und Taschen, daß der ganze hintere Teil des Wagens damit bis zum Dach angefüllt war und wir drei zusammen auf der vorderen Sitzbank Platz nehmen mußten.

»Das ist hauptsächlich Kleidung«, sagte Tony, und seine Habgier zeigte sich als ein breites Grinsen, »und Geschenke für meine Familie.«

Ich fühlte mich von der vorangegangenen Nacht noch ziemlich zittrig und war deshalb froh, als Alex sich erbot zu fahren. Am Flughafen ließen wir die Limousine auf dem Parkplatz stehen und holten uns einen Träger mit einem Karren für die Koffer. Unser Abschied in der Abflughalle fiel ziemlich oberflächlich aus; der Regisseur und der Produzent mochten sich nicht sehr, und ich konnte die beiden auch nicht leiden. Ich blickte ihren Köpfen in der Menschenmenge nach, als sie durch das Gate in den Passagierbereich gingen, und wandte mich dann mit einem Seufzer der Erleichterung ab.

Ich hielt mich einige Zeit im Büro der Mietfirma auf, erklärte dem Angestellten dort, wo der Wagen stand, und übergab ihm die Schlüssel. Er erklärte mir dafür, wo ich ein Taxi für die Fahrt zurück zum Treetops bekommen konnte. »Das ist eine lange Fahrt«, erklärte er. »Sie kaufen sich am besten etwas zu lesen.«

Ich verließ das Flughafengebäude nicht gleich, sondern kaufte mir eine Tasse Kaffee, schlenderte herum und beobachtete die Leute. Ich stand vor dem Gebäude und sah mir die ankommenden und abreisenden Menschen an – braungebrannte Männer mit Stetsons und schöne Frauen. Eine etwa alle zwei Minuten wiederholte Durchsage in englischer und spanischer Sprache teilte den Fahrern mit, daß sie nicht in der weißen Zone parken durften. Die Jets brausten und gingen auf die Runways herunter. Dies war Leben auf der Überholspur, wie es Aufkleber auf Stoßstangen sagten. Ich wußte nicht, auf welcher Spur ich gereist war, es war jedenfalls eine recht holprige Fahrt gewesen.

Ich schlenderte noch eine Weile herum und kaufte mir die *Los Angeles Times* – dann konnte ich es nicht länger hinausschieben. Ich erinnerte mich an den Rat des Mädchens, das mich jenes erste Mal zur Kirche zum Willen Gottes gebracht hatte. Ich wußte, daß der Reverend nicht erlauben würde, daß ich Los Angeles verließ, ohne wenigstens noch einmal mit mir gesprochen zu haben. Es würde besser sein, dachte ich, wenn ich ihn selbst aufsuchte, anstatt zu hoffen, daß er mich völlig vergessen würde.

Ganz am Ende der Zufahrt gab es einen großen Stand mit einem weißblauen Transparent darüber, auf dem stand, »Willkommen in Los Angeles und in der Kirche zum Willen Gottes. The Reverend J. Turrill.« Hier konnten Menschen, die das erste Mal nach Los Angeles kamen, ganz besonders wenn sie nicht wußten, wohin sie gehen sollten, Rat und praktische Hilfe suchen. Die Kirche würde sie aufnehmen, für sie sorgen, ihnen ein fertiges gesellschaftliches Umfeld liefern und außerdem noch einen Platz zum Schlafen. Es war eine gute Idee, und sie funktionierte. Hunderte von den Gefolgsleuten des Reverends wurden auf diese Weise gefischt.

Hinter dem Stand waren ein junger Mann und eine junge Frau. Sie trugen saubere, adrette Kleidung und hatten strahlende Gesichter, aus denen Liebe und Vertrauen leuchteten. Ich ging auf sie zu und lehnte mich an die Theke. Beide lächelten warm.

»Ja«, sagte der junge Mann.

»Ich muß den Reverend sprechen.»

Ihre Gesichter nahmen einen besorgten Ausdruck an. »Der Reverend hat nicht oft die Zeit, individuelle Fragen zu beantworten«, sagte der junge Mann, »dafür sind wir hier.«

»Ja, ich weiß«, antwortete ich, »aber ich bin ihm bereits zweimal begegnet und glaube, daß er heute mit mir wird sprechen wollen.«

»Ich rufe ihn im Dorf an«, sagte das Mädchen. Sie nahm den Hörer eines weißen Telefons ab und begann eine Nummer einzutasten. »Ihr Name?«

Ich gab ihr meinen Namen und nahm mir dann während des Wartens eine Broschüre, überflog sie und steckte sie in die Tasche. Nach einer Weile sprach das Mädchen, wartete wieder und sprach dann mit jemand anderem. Schließlich lief sie über und über rot an und reichte mir den Hörer.

»Es ist der Reverend selbst«, sagte sie, als würde sie Gott ankündigen.

»Hallo«, sagte ich. Der junge Mann und das Mädchen traten voll Respekt einige Schritte zurück.

Der Reverend antwortete und fragte mich, wie es mir ginge.

»Besser, als ich das heute morgen eigentlich erwartet hatte«, sagte ich und holte tief Luft. »Reverend, ich soll morgen nach England abreisen und dachte, Sie würden mich vielleicht noch einmal sprechen wollen, ehe ich fliege. Ich meine, ich weiß nicht mehr als das letztemal ... Aber ich dachte ... verstehen Sie?«

»Das ist jetzt völlig in Ordnung«, sagte der Reverend. »Gewisse Dinge sind geklärt, und es ist daher nicht notwendig, daß wir uns noch einmal treffen. Ich muß gestehen, daß Sie mich überrascht haben. Ich täusche mich selten in der Einschätzung von Menschen, aber in bezug auf Sie scheine ich mich geirrt zu haben. Mir bleibt jetzt nur noch zu sagen – möge Gott mit Ihnen sein ... Ich wünsche Ihnen eine angenehme Heimreise.«

Damit war die Leitung tot. Nicht, daß ich noch etwas hätte sagen können; ich war von Erleichterung überwältigt. Mit diesen wenigen Worten hatte der Reverend mich mir selbst zurückgegeben; mein Leben war wieder mein eigenes.

Ich muß wohl engelhaft gelächelt haben, denn die beiden Leute hinter dem Tresen kamen näher und lächelten ebenfalls engelhaft und schüttelten langsam und staunend die Köpfe darüber, daß ich mit dem Reverend selbst gesprochen hatte.

»Ist es nicht wunderbar«, sagte das Mädchen, »mit ihm selbst zu reden ... seine Ausstrahlung, selbst über das Telefon – die Heiligkeit, die von ihm ausgeht.«

Ich blinzelte ein paarmal, wie jemand, der gerade nach einem K.-O.-Schlag erwacht. »Ja«, sagte ich. »Die Heiligkeit.«

Immer noch benommen, ging ich den Weg durch die Abflughalle zurück, den ich gekommen war, auf den Ausgang zu, vorbei an den Schaltern der Fluggesellschaften. Eine Stewardess in der roten Uniform von Atlantic-Pacific-Airways tauchte auf und schloß sich mir an.

»Sind Sie nicht einer von den Leuten, die im Treetops wohnen und hier einen Film drehen?«

Ich war von dem kurzen Gespräch mit dem Reverend immer noch so high, daß ich keine Antwort auf die Frage gab. Ich merkte nicht einmal, daß mich jemand angesprochen hatte, bis sie ihre Frage wiederholte.

Erst jetzt drehte ich mich zu ihr herum. »Entschuldigen Sie. Ja.«

Sie preßte die Lippen zusammen und schüttelte leicht den Kopf. »Das hab ich mir schon gedacht, als diese beiden gerade eingecheckt haben. Ist so etwas zu glauben? Da macht Ihr Manager eine Riesenszene wegen einer fehlgeleiteten Tasche, und ich telefoniere in der ganzen Welt herum, von Heathrow bis Tokio, und dann kommt sie schließlich aus Auckland, und ich erwische niemanden von Ihnen im Hotel. Man hat mir gesagt, Sie wären am Flughafen.«

»Tasche«, sagte ich, immer noch benommen.

»Wenn Sie mitkommen und unterschreiben, können Sie sie mitnehmen.«

Ich folgte der jungen Frau zum Schalter und unterschrieb eine Quittung. Sie sah mir beim Unterschreiben aufmerksam zu, so als wäre sie überglücklich, den Abschluß einer besonders mühsamen Aufgabe zu vollziehen. Dann nahm sie das Blatt Papier, ging an einen Schrank und holte Rapps' grüne Segeltuchtasche heraus, die Tasche, die ich nicht mehr gesehen hatte, seit die Leute von der Gepäckabfertigung sie in Heathrow ins Flugzeug geladen hatten.

»Hier«, sagte sie und reichte mir die Tasche, »nehmen Sie sie mit, und sagen Sie Ronnie Bescheid. Ich hoffe nicht, daß er mich noch einmal anruft.«

Ich dankte ihr und ging zum nächsten Ausgang hinaus. Ich hatte jetzt binnen fünf Minuten zwei Tiefschläge entgegengenommen, und in mir drehte sich alles. Leute rannten, stießen mich weg, aber ich nahm meine Umgebung überhaupt nicht zur Kenntnis und bemerkte daher ihr unhöfliches Verhalten nicht. Ich preßte die Tasche an meine Brust und schlurfte weiter, überquerte die Zufahrt blind und brachte einige Autos dazu, laut zu hupen. Als ich dann auf der anderen

Seite in Sicherheit war, ging ich auf den Parkplatz und dann immer weiter, bis ich schließlich eine stille Bank zum Hinsetzen fand. Ich brauchte Zeit zum Nachdenken.

Nach ein paar Minuten löste ich mich aus meiner Trance und sah in die Tasche. Es war alles da; Kameraband, Schraubenzieher, Taschenlampen, Filzschreiber, selbst die kleine Klappe und die Golfbälle, die Rapps für Ernie gekauft hatte – ein Dutzend, immer noch ordentlich in ihrer Schachtel verpackt.

Ich holte die Schachtel mit den Golfbällen heraus und stand auf, um mich umzusehen. Ich drehte mich langsam im Kreis herum und spähte über die Wagendächer. Ein Jet dröhnte über mir am Himmel. Ich sah niemanden; jedenfalls niemanden, der das geringste Interesse für mich bekundete.

Ich setzte mich wieder auf die Bank und holte den größten Schraubenzieher und ein scharfes Messer aus der Tasche. Ich wählte willkürlich einen Golfball aus und schnitt einen Schlitz hinein. Dann legte ich ihn zwischen meine Füße auf den Boden, schob die Spitze des Schraubenziehers in den Schlitz und fing an, hindurchzubohren, wobei ich mein ganzes Gewicht auf meine Hand mit dem Schraubenzieher legte. Es war eine langsame, mühsame Arbeit, und der Golfball klappte nicht auseinander, wie ich mir das vorgestellt hatte. Schließlich bohrte sich der Schraubenzieher in den Boden darunter, und ich hob den Ball auf und sah hinein. Ich blies den Staub weg und sah noch einmal hin. Nichts. Ich stocherte mit einem kleineren Schraubenzieher in dem Ball herum und schlug ihn ein paarmal auf die Armlehne der Bank. Wieder nichts.

Ich untersuchte sechs weitere Golfbälle auf dieselbe Weise, und als ich schließlich aufgab, tat meine rechte Handfläche weh, und ich wußte, daß sich dort bald eine Blutblase entwickeln würde – aber ich hatte keine Diamanten, keinen einzigen. Ich fluchte; als ob es so leicht wäre, zehn Millionen Dollar zu finden. Ich warf mein Werkzeug in die Tasche.

Die Tasche; selbst in Diamanten würden zehn Millionen

Dollar ziemlich viel Platz einnehmen. Rapps hatte in bezug auf die Golfbälle nicht gelogen; sie waren für Ernie gewesen. Aber der ganze übrige Tascheninhalt und die Tasche selbst waren suspekt. Das kreisrunde Bodenteil, die doppelten Säume, die Dosen mit Spray, Filzschreiber und ganz besonders die Klappe – sie alle konnten Konterbande enthalten.

Ich griff wieder in die Tasche, holte die Klappe heraus und sah sie an. Sie war etwa zwölf Zoll lang und neun Zoll breit, was ganz normal war, aber sie war auch etwa drei Zoll dick, und das war keineswegs normal.

Ich drehte sie herum, sah aber nichts Auffälliges. Ich schüttelte sie dicht an meinem Ohr, hörte aber kein Geräusch. Ich klopfte mit dem Knöchel dagegen, und es klang massiv. Ich drehte sie wieder um, sah mir die Unterseite an, und jetzt hatte ich plötzlich das Gefühl, ich könnte doch recht haben, denn die Klappe war zwar gleichmäßig schwarz lackiert, ich konnte aber an jedem Ende der Unterseite durch die dicke Farbschicht einen kleinen Kreis erkennen.

Ich holte wieder das Messer heraus und schabte mit der Messerspitze, bis ich eine Art Stöpsel aus Plastik entfernt hatte und den Kopf einer versenkten Messingschraube entdeckte. Ich tat dasselbe am anderen Ende mit demselben Ergebnis. Vor Erregung zitternd, löste ich die Schrauben, und dann ließ sich das Stück Holz, das die untere Seite der Klappe darstellte, mit Hilfe des hebelartig eingesetzten Schraubenziehers entfernen.

Meine Erregung war voreilig gewesen. Ich konnte jetzt nur unregelmäßige Streifen aus verhärteter Spachtelmasse erkennen. Mit der Spachtelmasse, die man schwarz überstrichen hatte, war der lange Spalt zwischen den zwei Seiten ausgefüllt. Ich kratzte mit dem Messer daran und konnte die Spachtelmasse abschaben. Bald hatte ich ein Drahtgeflecht freigelegt, das man offenbar mit Reißzwecken befestigt hatte, um die noch weiche Spachtelmasse aufzunehmen. Als ich das Netz entfernt hatte, sah ich, daß die Klappe tatsächlich hohl und allem Anschein nach mit Watte ausgefüllt war.

Das stimmte aber nicht. Ich zerrte an der ersten Schicht, und die erwies sich als die einzige. Darunter gab es Dutzende von Diamanten, Hunderte vielleicht, so dicht aneinandergepackt, daß sie sich nicht bewegen konnten. Rapps hatte also gar keine krumme Tour versucht. Er hatte wahrscheinlich überhaupt nicht vorgehabt, den Reverend hereinzulegen, sondern war einfach deshalb gestorben, weil er beim Überqueren einer Straße unvorsichtig gewesen war – und ich hatte das, was ich durchgemacht hatte, als Folge ebendieses Unfalls erleiden müssen.

Vorsichtig, weil Diamanten etwas Heiliges sind, nahm ich den größten mit Daumen und Zeigefinger auf und hielt ihn gegen die Sonne. Selbst ich konnte erkennen, daß er wunderschön geschliffen war; sein tiefes kaltes Feuer brannte in meine Netzhaut. Ich kniff die Augen zusammen, blind vor Habgier, und meine Freude wuchs, bis ich dachte, mein Körper könnte sie nicht mehr aushalten. Wenn alles, was der Reverend gesagt hatte, stimmte, dann hielt ich Diamanten im Wert von zehn Millionen Dollar in den Händen. Wenn ich wollte, konnte ich zehnmal ein Deegan oder ein Tony Maretta sein. Das Geld, das alles möglich machte, war mein – und niemand wußte, daß ich es hatte.

17

Die Vorstellung, ein Multimillionär zu sein, war verführerisch, und einen kleinen Augenblick lang erwärmte sie mich, machte mich glücklich. Aber eine solche Idee konnte in meinem Gehirn nicht lange überleben, und ich wußte das auch von vornherein. Ein Mangel an Tollkühnheit war nicht etwas, das in meiner Psyche kam und ging – das war vielmehr Teil meines Fleisches und meines Blutes; ich war einfach so gebaut.

Ich hielt den Diamanten noch einmal gegen den Himmel und

beobachtete, wie kalt und unnahbar das Licht in ihm doch war. Fünf Männer waren bereits für diesen Reichtum gestorben, und ich verspürte nicht den leisesten Wunsch, der sechste zu sein. Selbst wenn ich meinen ganzen Mut zusammennahm und die Diamanten behielt, so wußte ich doch, daß man mir nicht erlauben würde, mich an ihnen zu erfreuen. Der Reverend hatte bereits Männer in London. Die geringste Veränderung in meinem Lebensstil würde auffallen, und eines Nachts würde jemand zu mir kommen, und dann würde ich eine ganze Menge zu erklären haben.

Ich konnte natürlich einfach abhauen. Meinen Namen ändern und nach Venezuela gehen. Ich lachte. Auch das konnte ich nicht tun. Lieber würde ich als armer Mann weiterleben, als mich jahrelang um die ganze Welt jagen zu lassen, nur um dann am Ende doch erwischt zu werden.

Ich seufzte und blickte über den Parkplatz. Ich war immer noch allein. Die Flugzeuge kamen und gingen hoch über mir, und die Durchsagen, daß das Parken in der weißen Zone verboten sei, tönte weiter alle zwei Minuten. Vielleicht hätte ich die Tasche zur Polizei bringen und denen die ganze Geschichte erzählen sollen. Das Geld war ganz offensichtlich auf illegale Weise erworben, unversteuert, von irgendeinem Konto in der Schweiz abgehoben, dann nach Amsterdam verbracht und dort zu Diamanten gewaschen worden, um leicht transportierbar zu sein. Schließlich nahmen sie keinen Platz ein und waren überall handelbar.

Und was würden die Bullen tun, wenn ich mit Diamanten im Wert von zehn Millionen vor ihrer Tür auftauchte? Selbst wenn jemand Anklage gegen den Reverend erheben würde, bestand doch wenig Zweifel daran, daß seine Anwälte ihn schützen würden. Ich besaß keinerlei Beweise dafür, daß es eine Verbindung zwischen ihm und den Diamanten gab, und der einzige Mensch, der einmal einen solchen Beweis besessen hatte, Rapps, war tot.

Der Luxus rechtschaffenen Verhaltens war etwas, das ich mir nicht leisten konnte. Wenn ich die Polizei informierte, würde das den Reverend sehr zornig machen, und wie er gesagt hatte, pflegten zornige Menschen gewalttätige Dinge zu tun. Und außerdem könnte es auch sein, daß die Mexikaner sich wieder an meine Spuren hefteten, nicht nur, um mir auf die Schulter zu klopfen und mir zu gratulieren.

Es gab nur eines für mich, wenn ich in das ruhige Leben zurückkehren wollte, das ich so sehr schätzte. Am besten suchte ich den Reverend sofort auf, sagte ihm, was vorgefallen war, und händigte ihm die Diamanten aus. Möglicherweise benutzte er das Geld für gute Zwecke, möglicherweise auch für böse – für mich war das ohne Belang, wirklich. Nur eines interessierte mich – mein Überleben.

Ich sah den Diamanten an, den ich jetzt zum letztenmal in der Hand hielt, und entschied mich dagegen, ihn einfach in die Tasche zu stecken. Ich tat ihn zu den anderen, stopfte die Watte nach und klebte sie dann mit einem Streifen Kameraband fest. Zuletzt schraubte ich das Stück Holz wieder fest. Als ich fertig war, schulterte ich die Tasche, ging zu den wartenden Taxis, gab einem Taxifahrer die Broschüre, die ich mir vorher genommen hatte, und zeigte auf ein Bild, das das Dorf des Reverends darstellte.

»Dorthin möchte ich«, sagte ich.

Der Taxifahrer warf nur einen kurzen Blick darauf. »Okay«, antwortete er, »aber das ist ziemlich weit.«

Ich setzte mich auf den Rücksitz des Wagens. »Ist mir egal«, sagte ich. »Ich kann es mir leisten.«

Der Taxifahrer hatte recht, wir fuhren viele Meilen. Ich achtete nicht auf die Route, die er nahm – ich erinnere mich nur daran, daß wir nach Westen fuhren, in die Berge, und daß wir nicht anhielten, bis wir ein Sicherheitstor erreichten, ein Tor in einem Zaun, wo vier bewaffnete Männer Wache hielten. Ich kurbelte mein Fenster herunter und sagte ihnen, ich wollte den Reverend sehen, sonst niemanden. Ich wartete, während einer der Männer ein Telefonat führte. Als er den Hörer auflegte, lächelte er, und wir durften weiterfahren.

Die Straße innerhalb des Zaunes war asphaltiert, aber schmal. Das Gras zu beiden Seiten war von der Sommersonne kurz und trockengebrannt, und es gab keine Bäume. Dann überquerten wir eine leichte Anhöhe, erreichten ein kleines Tal, und alles veränderte sich.

Das Tal muß neun oder zehn Meilen lang und etwa fünf Meilen breit gewesen sein. Man hatte es regelmäßig bewässert, und als das Taxi weiterfuhr, konnte ich überall hohe Wasserstrahlen sehen, die in weiten Kreisen tanzten, Regenbogen erzeugten, die nur den Bruchteil einer Sekunde lang erschienen und dann wieder im Boden verschwanden. Dutzende von Sykomoren und Föhren waren in regelmäßigen Abständen gepflanzt, unter und zwischen ihnen dehnte sich ein üppiger Grasteppich, den bunte Blumen sprenkelten.

Es war eine adrette Landschaft, etwas, das einen hier draußen in der unfruchtbaren, kahlen Umgebung überraschte. Aber was mich noch mehr überraschte, war, daß überall entlang der Straße und auch an Seitengassen kleine Häuser standen; Hunderte waren es. Sie waren mit großer Sorgfalt gebaut und paßten zur Szenerie – Holzhäuser mit einer Porch davor, mit Schindeldächern und Bäumen rings um sie, die Tischen und Stühlen Schatten spendeten.

Vor einigen der Häuser standen Autos, vor allem aber Fahrräder und Elektrokarren, wie es sie auf Golfplätzen gibt. Als mein Taxi an ihnen vorbeifuhr, kamen Leute an die Fenster und auf die Porch und winkten uns zu. Viele von ihnen trugen lose anliegende Kaftans in verschiedenen Farben, Gewänder, die von der Schulter bis zum Knöchel fielen und den Körper unbehindert und kühl ließen. Andere, die nicht so gekleidet waren, trugen einfach Shorts und Sweatshirts wie die meisten Leute in Kalifornien.

»Nun, hol's der Teufel«, sagte der Taxifahrer. »Ich hab' viel darüber gehört, aber das ist wirklich viel größer, als ich gedacht habe.«

Schließlich führte uns die Straße zu einem Verwaltungsgebäude, das aus denselben Materialien gebaut war wie die

Häuser, an denen wir vorbeigekommen waren, wenn es auch um ein Vielfaches größer war. Es war sechseckig angeordnet und hatte drei Stockwerke.

Das Taxi hielt an, und ich trat in die Sonne hinaus, nahm meine Tasche mit. Der Taxifahrer steckte den Kopf aus dem Fenster und pfiff, und ich konnte gut begreifen, warum er das tat. Soweit das Auge reichte, strahlten gepflegte Straßen von diesem zentralen Punkt aus, und das Gras und die Bäume und die Häuser bedeckten das ganze Tal. Das war das Dorf des Reverends – ein Traum, der Wirklichkeit geworden war.

Das Erdgeschoß des Gebäudes vor uns war nach allen Seiten offen und diente als Garage für die etwa zwanzig Wagen, die dort geschützt im Schatten standen. Eine offene Treppe führte in das Obergeschoß. Ich bat den Fahrer, auf mich zu warten, ging auf die Treppe zu und begann nach oben zu steigen.

Ich erreichte einen weiträumigen Treppenabsatz und trat in einen hellen Saal, der das ganze Stockwerk einnahm. Er war ebenso angelegt wie das große Büro in der Kirche zum Willen Gottes in Los Angeles. Hier und da standen Schreibtische, und an jedem arbeitete eine Gruppe von Leuten an Computerbildschirmen und Telefonen. Die Fenster standen alle offen, dahinter gab es einen geräumigen Balkon, und ich konnte nach allen Richtungen einen herrlichen Ausblick genießen. An einer Seite des Saales stand ein Schreibtisch, der größer als die anderen war, und dahinter saß der Reverend selbst, in einen wunderschönen Kaftan gekleidet.

Als ich das Hexagon betrat, kamen von beiden Seiten des Eingangs zwei Männer auf mich zu, lächelten freundlich und baten mich, Platz zu nehmen. Einer von ihnen nahm meine Tasche, sah hinein und gab sie mir dann zurück. Ein junges Mädchen brachte mir geeiste Limonade, die aus frischen Limonen gepreßt war, und ich stellte fest, daß auch dem Taxifahrer eine gebracht wurde.

Ich wartete etwa eine halbe Stunde, bis ich, wiederum mit Lächeln, zum Schreibtisch des Reverends geführt wurde, wo man mir einen bequemen Armsessel bereitgestellt hatte. Als ich mich setzte, zogen sich die Helfer des Reverends auf respektvolle Distanz zurück, und ich stellte meine Tasche auf den Boden. Der Reverend verschränkte die Hände ineinander und sprach mit seiner tiefen, vollen Stimme. Ich hatte wiederum Verständnis dafür, warum sie ihm folgten und ihn so liebten. Selbst ich fühlte mich stolz, mit ihm alleine zu sein.

»Ich hatte nicht erwartet, Sie hier zu sehen«, sagte er, als wäre das ein Privileg für ihn, »aber es freut mich, daß Sie sich die Mühe gemacht haben, uns zu besuchen. Jetzt können Sie selbst sehen, wie wir die Dinge hier angehen.«

Ich nippte an meiner Limonade und stellte das Glas auf den Schreibtisch. Die Mexikaner waren mit mir fertig gewesen, und der Reverend hatte gesagt, ich könne nach Hause gehen. Ich fühlte mich frei.

»Ich bin gekommen, um Ihnen Lebewohl zu sagen«, begann ich, »aber ich wollte auch vor meiner Abreise noch ein paar Fragen stellen.«

Der Reverend hob in einer gewährenden Geste beide Hände.

»Wie kommt es, daß es Ihnen jetzt nichts mehr ausmacht, daß ich die Stadt verlasse? Ich habe Ihnen die ganze Zeit über die Wahrheit gesagt. Warum glauben Sie mir plötzlich?«

Der Reverend erhob sich und stand jetzt in voller Größe da; das lose Gewand verhüllte seine stattliche Gestalt. Er kam um den Schreibtisch herum, und jemand brachte ihm einen Stuhl. Er ließ sich hineinsinken, und jetzt trennte uns der Schreibtisch nicht länger – eine Übung in Charme.

»Ich muß Ihnen etwas gestehen und Sie um Entschuldigung bitten«, sagte er. »Ich hoffe, daß Sie mir, wenn ich meine Erklärung vollendet habe, verzeihen werden und Verständnis haben. Unsere Kirche ist für uns von allergrößter Wichtigkeit, das ist unsere Entschuldigung, die einzige, die ich Ihnen anbieten kann . . . Sehen Sie, ich wußte, daß die Mexikaner Sie entführt hatten . . . ich hatte das veranlaßt. Ich weiß auch, was vorgefallen ist und was gesagt wurde.«

Ich setzte an, eine Frage zu stellen, aber der Reverend hob seine gepflegte rosafarbene Hand, und ich verstummte.

»Jetzt haben Sie das Dorf gesehen und werden begreifen, warum die Diamanten für mich und gleichzeitig auch für meine Feinde so wichtig sind. Sie wollen, daß dieser Ort zerstört wird, und indem man mich meines Kapitals beraubt, erreicht man das am besten. Das Leben ist ein Krieg zwischen dem Guten und dem Bösen, und ich muß alle Waffen einsetzen, die mir zur Verfügung stehen. Ich habe einen Mann auf die Mexikaner angesetzt, ein treues Mitglied meiner Kirche. Ich kannte die Absichten meines Feindes in dem Augenblick, in dem ihre Entscheidung getroffen wurde. Sobald sie von meinem Interesse an Ihrer Person erfahren hatten, beschlossen sie, Sie zu verhören, also beschloß ich, ihnen zu gestatten, eine widerwärtige Tat zu begehen, die ich nicht selbst ausführen wollte. In der Nacht, in der Sie verhört wurden, gab es elektronische Wanzen in dem Raum, und meine Männer waren nicht weit entfernt und belauschten jedes Wort, das gesprochen wurde.«

»Ich hätte dabei getötet werden können.«

Der Reverend lächelte. »Ja. Aber aus meiner Sicht waren Sie immerhin ein Mann, der versuchte, mir zehn Millionen zu stehlen, und ein solcher Mann konnte kein gewöhnlicher Mensch sein. Ich mußte herausfinden, was für ein Mensch Sie waren, und Sie wußten das auch. Es war für mich nötig, daß man Sie isolierte, Sie zerbrach, Sie so weit brachte, daß der Tod für Sie keinen Unterschied mehr machte. Ich wollte, daß die Wahrheit aus Ihnen herausfloß. Nur ein Profi hätte dem widerstehen können, was man mit Ihnen getan hat. Daß Sie so ganz normal reagierten, hat Ihnen das Leben gerettet, und es gibt für Sie keinen Grund, sich zu schämen.«

»Und diese Aufzeichnung der Stimme meiner Frau?«

Der Reverend schüttelte traurig den Kopf. »Das muß für Sie höchst unangenehm gewesen sein. Die anderen haben Männer dort drüben, sie wollten Ihrer ganz sicher sein.«

»Wenn ich die Diamanten gehabt hätte«, sagte ich, und die

Worte überschlugen sich dabei, »dann hätte ich das denen gesagt. War das kein Risiko für Sie?«

»Ich war vorbereitet«, sagte der Reverend. »Die hätten es nicht bis zu ihren Fahrzeugen geschafft.«

»Sie haben die Diamanten immer noch nicht. Es könnte doch sein, daß einer der anderen aus der Filmcrew mit ihnen weggeflogen ist.«

Der Reverend hob erneut die Hände und räumte damit diese Möglichkeit ein. »Vielleicht. Man wird sie jedenfalls lange Zeit im Auge behalten, und wenn sich ihre Gewohnheiten ändern . . .«

Ich schluckte den Klumpen hinunter, der in meiner Kehle aufgestiegen war. »Das hab ich mir gedacht«, sagte ich.

Der Reverend fuhr in seiner Erklärung fort. »Der Mann, Rapps, hatte häufig für mich gearbeitet, und es gab immer einen Eventualplan. Wenn er aus irgendeinem Grund selbst nicht hierherreisen konnte, gab es einen Ersatzmann. Ich dachte, Sie wären dieser Ersatzmann – wir mußten sicherstellen, daß das nicht der Fall war. Es war vorstellbar, daß Sie von dem Betrag in Versuchung geführt worden waren, so wie Rapps das offensichtlich war. Der Verlust der Diamanten ist für unsere Kirche eine Katastrophe, aber wir werden sie überleben. Zu wissen, daß wir auf der Seite des Guten stehen, ist eine mächtigere Waffe als selbst Geld.« Der Reverend gestattete sich ein schwaches Lächeln. »Aber ich bin immer noch darüber verstimmt, daß ich mich in Ihnen geirrt habe. Ich war überzeugt, daß Sie der Mann waren. Normalerweise ist das, was ich in bezug auf Menschen empfinde, richtig, und ich habe mich darin bisher noch nie getäuscht.«

Ich wurde rot, redete aber weiter. »Noch etwas: Man hat mir letzte Nacht etwas injiziert. Kann Ihr mexikanischer Freund herausfinden, was es war? Es könnte etwas sehr Häßliches gewesen sein, das sich jetzt in meinem Kreislauf befindet.«

»Bitte beruhigen Sie sich«, sagte der Reverend. »Es war eine

Wahrheitsdroge mit nur unbedeutenden Nebenwirkungen ... und die Nadel war sauber. Mein Mann hat Ihnen die Spritze verabreicht.«

»Nur eine Wahrheitsdroge«, sagte ich und lächelte breit. Der Reverend schloß sich meinem Lächeln an – zwei schurkische und erfolgreiche Kumpane. Was für ein Mann! Seine Feinde dazu einzusetzen, Tatsachen herauszufinden, und sich ihre Kenntnisse in Muße anzuhören.

Ich leerte meine Limonade und holte die Klappe und einen Schraubenzieher aus meiner Tasche. Ich sah den Reverend an, während ich die beiden Schrauben löste, und er sah mich an. Er wußte, was nun kommen würde. Als das Brett sich löste, warf ich es auf den Schreibtisch, riß das Klebeband und die Watte heraus und schüttelte sehr vorsichtig die Diamanten auf die Schreibtischplatte. Der Reverend erhob sich langsam, und dann verstummte allmählich rings um uns das Geräusch von Arbeit. Über das ganze Hexagon legte sich ehrfürchtige Stille. Irgendwo klingelte ein Telefon, verstummte aber sofort, als jemand den Hörer abnahm und ihn danebenlegte.

Der Reverend sah die Diamanten an, berührte sie aber nicht. Habgier gehörte nicht zu seinen Schwächen. Er sah mich erstaunt an, und jetzt, wo ich meine kleine Szene gespielt hatte, empfand ich Scheu, war verlegen. Wiederum wurde ich rot. Er hob eine Hand, um jemanden von hinten herbeizuholen.

»Sie sind kein gewöhnlicher Mann«, sagte er.

»Doch, das bin ich«, erwiderte ich. »Die Dinge haben sich nur so entwickelt.« Ich wollte mehr erklären, aber in dem Augenblick trat, von der erhobenen Hand herbeibefohlen, einer der Helfer des Reverends vor, schob die Diamanten zusammen und verstaute sie wieder im Inneren der Klappe.

»Bringen Sie die Tasche hinauf«, sagte der Reverend. Und dann sah er die Menschen im Saal an, legte den Arm um meine Schulter und schüttelte mich leicht auf geradezu liebevolle Art, und alle im Saal Anwesenden lächelten mich an und liebten mich ebenfalls.

»Dieser Mann«, und die Stimme des Reverends war plötzlich nicht mehr liebkosend, sondern hart und kraftvoll, »dieser Mann hat dieser Kirche einen Dienst geleistet wie noch kein anderer von uns. Er ist tapfer gewesen, standfest, und er verdient die Liebe und Bewunderung von euch allen. Ich werde ihn bitten, sich uns anzuschließen.«

Mit diesen Worten nahm der Reverend seinen Arm von mir und begann leise in die Hände zu klatschen. Die Spannung im Raum löste sich, und alle Anwesenden lächelten mir wieder zu und klatschten ebenfalls in die Hände. Ich starrte auf meine Fußspitzen, und Tränen traten mir in die Augen. Von so vielen Menschen bewundert zu werden! Mir war noch nie dergleichen widerfahren.

18

Als der Applaus verstummt war, steuerte mich der Reverend über eine weitere Treppe nach oben in seine privaten Gemächer. Wieder war der verfügbare Raum, so wie in der Kirche, gleichmäßig zwischen einer großen Fläche und einigen kleinen Räumen aufgeteilt, obwohl das Mobiliar hier auf Entspannung und nicht auf Arbeit deutete, denn über den mit feinen Perserteppichen bedeckten Raum verteilt gab es mehrere Sitzecken und Sessel.

Ich folgte dem Reverend auf den Balkon, und wir setzten uns zusammen an einen großen hölzernen Tisch, auf dem bereits zwei Gedecke lagen. Weit unter uns konnte ich einen mit strahlend hellblauem Wasser gefüllten, riesigen Swimmingpool sehen. Im Pool waren Menschen, und ring um ihn standen Sonnenschirme. Gelegentlich drang ein Ruf oder das Klatschen eines ins Wasser springenden Körpers zu uns herauf, und ich dachte, ich könnte meinen Taxifahrer sehen, der mit tief in den Taschen vergrabenen Händen zusah. Kaum hatten wir Platz genommen, als uns zwei oder drei junge

Leute das Essen brachten. Sie stellten wortlos die Teller auf den Tisch und zogen sich gleich wieder zurück.

Der Reverend bot mir Brot. Ich stellte fest, daß kein Fleisch auf dem Tisch war; nur Gemüse, Obst, Käse und verschiedene Salate.

»Was mich am meisten entzückt«, begann der Reverend, »ist, daß meine Ahnung sich als richtig erwiesen hat. Ich wußte, daß ich die ganze Zeit richtig über Sie dachte, und jetzt haben die Ereignisse das bewiesen. Das befriedigt mich sehr.«

Ich versuchte zu erklären. »Sie ist eben erst auf dem Flughafen aufgetaucht«, sagte ich. »Ich wußte nicht einmal, wo die Tasche war.«

Der Reverend wollte davon nichts hören und winkte meine Bemerkung ab. Er wollte, daß sein ursprüngliches Gefühl über mich das richtige war, und er würde nicht zulassen, daß irgend etwas daran etwas änderte. »Nichts mehr davon«, sagte er und lächelte mich auf seltsam ansteckende Art an. »Es gilt jetzt, von wichtigeren Dingen zu sprechen. Was sind Ihre Pläne?«

»Ich habe keine. Ich möchte nach Hause, das ist alles. Möchte das Leben führen, das ich vorher geführt habe.«

Der Reverend deutete mit dem Zeigefinger auf mich. »Das Leben wird für Sie nie mehr das gleiche sein, nicht jetzt, nachdem Sie hier gewesen sind und das getan haben, was Sie getan haben. Haben Sie irgendeine verschlüsselte Botschaft nach England schicken lassen, um zu veranlassen, daß die Tasche zum rechten Zeitpunkt an Sie geschickt wurde?«

»Nichts dergleichen.«

Der Reverend reichte mir eine Schüssel mit Salat. »Dann mag es Ihr Geheimnis bleiben. Aber erlauben Sie mir wenigstens, Ihren Mut und Ihr Timing zu bewundern ... und Ihre Schauspielkunst. Diejenigen, in deren Dienst die Mexikaner stehen, werden ebenso wie ich überzeugt sein, daß die Diamanten noch in Europa sind. Sie glauben, ich sei mittellos, könnte nicht handeln. Jetzt werde ich sie überraschen ... Bald werden sie um ihr Leben rennen. Sie haben mich in eine sehr starke Position gebracht.«

Ich machte noch einen Versuch, wenn auch einen sehr schwachen, den Reverend zu überzeugen, daß ich für das, was geschehen war, nicht verantwortlich war. Aber er wollte nicht zuhören, und so gab ich die Absicht für immer auf und aß. Während ich aß, redete mein Gegenüber.

»Ich habe Sie gebeten, heute mit mir zu essen«, begann er, »weil ich möchte, daß Sie mir sehr aufmerksam zuhören. Ich möchte, daß Sie sich mir anschließen. Ich möchte, daß Sie hierherkommen und bei uns leben, mit Ihrer Frau und Ihren Kindern, wenn Sie das wünschen, oder auch ohne sie, falls Sie das vorziehen ...« Er hob die Hand, als ich antworten wollte.

»Antworten Sie noch nicht. Ein Mann wie Sie könnte hier sehr glücklich sein, und es würde viel für Sie zu tun geben. Diese Menschen, diese Angehörigen meiner Kirche, sind hier nicht gebunden. Sie kommen und gehen, wie es ihnen gefällt. Viele arbeiten in Los Angeles und an anderen Orten. Was sie verdienen und was sie draußen in der Welt lernen, ist für unser Anliegen von großer Bedeutung. Aber sie kehren hierher zurück, um den geistigen Frieden zu finden, den wir alle brauchen.«

Ich nickte und nahm mir ein Stück Melone.

»Da ist noch etwas«, fuhr der Reverend fort. »Rapps sollte dafür gut bezahlt werden, daß er mir die Diamanten brachte. Er hätte genug bekommen, um für den Rest seines Lebens unabhängig zu sein. Das Geld gehört jetzt natürlich Ihnen, wenn Sie es wollen. Sie werden nie mehr irgendeine Arbeit tun müssen, die Ihnen nicht gefällt. Hier in Los Angeles könnten Sie mir helfen. Mut und Klugheit, wie Sie sie besitzen, sind Eigenschaften, die ich brauche.«

Ich stocherte mit meiner Gabel im Salat herum. »Nach Kalifornien umzuziehen«, sagte ich, »darüber würde ich nachdenken müssen.«

Der Reverend lächelte verständnisvoll, und ich zögerte einen Augenblick, ehe ich fortfuhr. Für einen mutigen Menschen gehalten zu werden, machte mich kühn, und in dieser neuen Rolle hatte ich das Gefühl, alles sagen zu können, und so schlug ich einen moralischen Ton an, obwohl ich wußte, daß es nicht die Tugend war, die mich anspornte, sondern nur ganz gewöhnliche Neugierde.

»Dieses Geld«, sagte ich, »Diamanten, da geht es doch nicht nur um Steuerhinterziehung, oder? Da geht es doch um Rauschgift, um den Import und den Verkauf.«

Die Augen des Reverends wurden eine Sekunde lang hart, dann entspannte er sich wieder, als er seine Entscheidung traf. »Wenn Sie sich meiner Kirche anschließen«, sagte er, »und ich hoffe, daß Sie das tun werden, werden Sie die Philosophie verstehen müssen, die uns inspiriert ... Es gibt daher keinen Grund, warum Sie nicht jetzt etwas darüber hören sollten, und soweit es mich betrifft, haben Sie sich das Recht darauf verdient.« Er beugte sich vor und schenkte mir ein Glas Orangensaft ein. Dann setzte er sich bequem zurecht, als würde jetzt eine lange Rede kommen.

»Ich habe mit Begegnungsgruppen angefangen, im ganz kleinen Umfang. Ich hatte meinen Pfad gefunden und wollte anderen zeigen, wie man Gott findet. Ich habe Kurse gegeben und dafür nur bescheidene Spenden genommen. Ich half den Menschen, ihr wahres Ich zu finden, und habe langsam so meine Kirche aufgebaut. Aber wir waren klein und machtlos, und ich wußte, daß das nicht reichte. Wir waren freundlich, sanftmütig – und schwach. Meine Kirche war eine winzige gelbe Flamme am Rand einer endlosen schwarzen Nacht. Tief in meinem Herzen wußte ich, daß sie nicht dazu bestimmt war, so zu sein. Die Welt war nicht für die Mächte des Bösen geschaffen.

Nach vielen Tagen und Nächten des Denkens stellte sich schließlich die Antwort ein. Und als sie kam, war sie einfach. Wir kämpften nicht hart genug. Wir waren zu gelassen, zu unbeschwert, mehr darauf bedacht, wie wir die Dinge angingen als an Ergebnissen orientiert, mehr um unser Image besorgt als um die Verteidigung unserer Ideale. Plötzlich war ich es leid, immer auf der Seite der Verlierer zu stehen. Ich beschloß, die Dinge zu ändern. Ich beschloß zu gewinnen«, erzählte der Reverend feierlich.

Ich nahm mir einen Apfel und begann ihn zu schälen. Der Reverend fuhr fort, und seine steinernen Augen begannen zu leuchten.

»Ich studierte die Kräfte des Bösen. Ich lernte, wie sie zu Werke gingen. Auch das war einfach. Das Böse benutzt jede Waffe. Es zerstört ohne Mitleid und tarnt sich dann in Ehrbarkeit und Ansehen. Das einzige, was ich tat, war, diese Taktiken zu übernehmen und sie im Dienste des Guten einzusetzen. Um das zu tun, brauchte ich Macht, und Macht ist lediglich Geld. Es war ohne Belang, wie dieses Geld beschafft wurde, müssen Sie verstehen, solange es nur dazu eingesetzt wurde, Gutes zu tun.«

»Aber woher wissen Sie, daß Sie recht haben?«

»Woher ich es weiß? Weil es dem Menschen vorbestimmt ist zu sterben, weil es ihm vorbestimmt ist, in die Hölle oder in den Himmel zu kommen. Er wird dem Pfad folgen, der ihm vorgezeichnet ist. Nur die Auserwählten sind frei. Sie begreifen, daß der Gott, der das Universum regiert, weder blind noch hilflos ist. Sie begreifen seinen Willen, und sie arbeiten mit ihm. Deshalb ist es ihnen erlaubt, auf diese Weise hart zu kämpfen und dafür die nächste Welt zu erben. Wir haben den besten, den einzigen Grund, Geld zu machen – wir benutzen es dazu, gegen das Böse zu kämpfen.«

»Und die drei Männer von der Gewerkschaft, der Mexikaner, der von der Hollywood-Tafel hing, die Menschen, die unterwegs sterben – was ist mit ihnen?«

Der Reverend hob den rechten Zeigefinger, als erklärte er einem Kind etwas. »Sie haben offensichtlich nie den Begriff des ›gerechten Krieges‹ gehört. Sind denn nicht in der Vergangenheit die Erzbischöfe in die Schlacht geritten und haben mit dem Schwert die Ungläubigen ausgerottet?«

»Ich weiß nicht viel über Religion«, antwortete ich, »aber Drogenhandel muß doch Unrecht sein.«

Der Reverend legte beide Hände auf die Tischplatte, und ich hörte zu essen auf, um ihm zuzuhören. Die zwei oder drei Leute, die die Mahlzeit serviert hatten, traten lautlos näher, und ihre Gesichter leuchteten; es war, als näherten sie sich dem Brunnen der Wahrheit. Ich nippte an meinem Orangensaft, und der Reverend fuhr fort:

»Das Problem des Bösen hat die Theologen immer gequält, bis zum heutigen Tag. Aber wenn wir einmal Gottes Ziel begriffen haben, gibt es kein Problem mehr. Wenn das Böse ausgerottet werden soll, dann müssen die Menschen, die guten Willens sind, die Auserlesenen, die Kraft des Bösen gegen sich selbst kehren. Aller Schmerz und alles Leid der Welt erwachsen aus der Tatsache, daß wir uns anpassen, die Entscheidungen aufschieben, so tun, als könnten wir das Böse in das Gute verwandeln. Das können wir nicht. Aber wir können es überall, wo wir es sehen, ausrotten. Es hat immer religiöse Kriege gegeben, und Millionen sind in ihnen gestorben, Schuldige ebenso wie Unschuldige. In dieser Zeit kämpfen wir den größten Krieg, den es je gegeben hat, und in diesem Krieg kommt es nicht im geringsten darauf an, wie viele Süchtige oder Landstreicher sterben, ganz besonders, wenn sie bereits verdammt sind. Ihr Abgang säubert die Welt, und sie sterben für das höchste Gut.«

Ich setzte einen Ausdruck der Weisheit auf. »Und dieses höchste Gut, werden wir es je zu Gesicht bekommen?«

Der Reverend machte eine weitausholende Armbewegung, die das ganze Tal einschloß. »Wir sehen es jetzt, und das, weil wir endlich den Krieg führen, den wir schon all die Jahre hätten führen sollen. Glauben Sie mir, es gibt Menschen innerhalb und außerhalb der Grenzen dieses Landes, die unsere Art zu leben völlig vernichten wollen. Aber Gott hätte sich nicht die Mühe gemacht, das Universum zu erschaffen, nur um zu sehen, daß es von seinen Feinden besiegt wird. Dies ist ein großes Land, das größte, aber es hat seine Ziele verloren. Man muß ihm eine neue Grenze zeigen, eine Grenze geistiger Art. Wie in den alten Zeiten werden wir eine Weile Gewalt mit Gewalt bekämpfen müssen, aber dann müssen wir das abgestorbene Holz abschneiden und verbrennen. Wir müssen einem neuen Wald Platz machen, damit er wachsen kann. Ein neues Land, schön und tapfer und aus der Erde entspringend. Und es wird überall auf der Welt Dörfer wie dieses hier geben.«

Ich blickte über das Tal. Mein Verstand konnte jetzt einfach nicht noch mehr aufnehmen. »Ich weiß nicht«, sagte ich. »Bei Ihnen klingt das so einfach.«

Der Reverend legte seine Hand auf meinen nackten Arm, und ich konnte seine Stärke fühlen, wie sie sich in meinen Körper hineinbrannte und mich mit neuem Blut erfüllte.

»Es gibt so viel für uns zu tun«, sagte er, »und ich suche Männer und Frauen, die die Qualitäten besitzen, die im Krieg gebraucht werden. Deshalb gibt es hier einen Platz für Sie und wird es immer geben. Ich möchte, daß Sie das wissen.«

Ich dankte dem Reverend für das Vertrauen, das er mir entgegenbrachte, und während ich das tat, traten zwei seiner Helfer, die uns bisher nur gelauscht hatten, vor und begannen, die Reste unserer Mahlzeit abzutragen.

»Wenn alles anders gekommen wäre«, fragte ich, »hätten Sie mich dann am Ende in Ihr Krankenhaus gesperrt?«

Das Gesicht des Reverends wurde ernst. »Wenn es der Sache unserer Kirche dient«, sagte er, »würde ich alles tun. Wenn Sie wirklich das Geld gestohlen hätten und Ihr Tod es uns zurückgebracht hätte, dann wären Sie gestorben.«

Ich schluckte den alten, vertrauten Kloß in meiner Kehle, aber ich fuhr fort: »Ist es wirklich ein Krankenhaus?«

»O ja. Manche können wir dort retten. Für andere ist es nur ein stiller Ort, um dort zu sterben.«

Damit erhob sich der Reverend. Er hatte mir genug von seiner Zeit gegeben, und der Blick seiner Jünger sagte mir, daß ich eine ungewöhnliche Ehrung erfahren hatte.

»Eines noch, ehe ich gehe«, sagte ich. »Ich habe über das Geld nachgedacht, das Sie Rapps hatten geben wollen, und ich bin wirklich dankbar. Aber sehen Sie, obwohl mir der Gedanke gut gefällt, viel Geld zu haben, halte ich nichts von Geld, das von Drogen kommt . . . Möglicherweise ist das der einzige Skrupel, den ich habe, aber ich habe ihn eben, also könnten Sie das Geld vielleicht für irgendeine gute Sache nutzen. Ich weiß nicht, etwas im Krankenhaus beispielsweise.«

Es kostete mich große Mühe, diese kleine Rede zu halten, und ich kam mir dabei weder tapfer noch besonders heilig vor. Sie entsprang keiner moralischen Überzeugung, sie war eher ein Reflex – etwas, das der Reverend vielleicht einen romantischen Mangel von Realismus genannt hätte.

Doch was auch immer seine Meinung gewesen sein mochte, der Reverend behielt sie für sich. »Wir wollen in Kürze unser Krankenhaus hier erweitern«, sagte er. »Ich werde veranlassen, daß man eine Station nach Ihnen benennt. Und jetzt müssen Sie mich entschuldigen. Jetzt, wo die Diamanten da sind, gibt es für mich viel zu tun. Eine meiner Limousinen wird Sie nach Los Angeles zurückbringen. Ich rechne nicht mit weiteren Schwierigkeiten, aber ich werde einige meiner Leute bitten, bis zu Ihrer Abreise bei Ihnen zu bleiben. Eines noch. Ich möchte, daß Sie jemanden besuchen, ehe Sie gehen. Vielleicht hilft es Ihnen bei Ihrer Entscheidung, sich uns anzuschließen. Bitte, vergessen Sie nicht, daß die Tore hier für Sie immer offenstehen. Meinerseits bin ich sicher, daß ich Sie wiedersehen werde, und wie Sie wissen, irre ich mich selten.«

Diese Bemerkung ließ uns beide lächeln. Wir schüttelten uns die Hand, und ich spürte aufs neue seine Kraft. Dann führten mich zwei junge Männer durch den Saal zur Treppe hinaus und ins Erdgeschoß. Dort sah ich, daß mein Taxi weggefahren war, und an seiner Stelle erwartete mich eine der langen Limousinen des Reverends. Eine Tür wurde geöffnet. Ich stieg in den Wagen, und ohne daß es dazu einer Anweisung bedurft hätte, fuhr er in einem riesigen Bogen herum, trug mich weg vom Hexagon und rollte in gemächlichem Tempo über eine der vielen von der Mitte ausgehenden Straßen, und die Bäume draußen zogen langsam an mir vorbei.

Wir fuhren vielleicht zehn Minuten, dann hielt die Limousine an.

»Da wären wir«, sagte der Fahrer durch die Sprechanlage. »Zwanzig neunundzwanzig.«

Ich öffnete meine Tür und stieg aus dem klimatisierten Wagen. Vor mir schlängelte sich ein schmaler Weg über den Rasen auf eines der Dorfhäuser zu. Auf einem Briefkasten zu meiner Linken stand zweitausendneunundzwanzig. Ich ging den Weg hinauf, und eine Frau in einem Baumwollkaftan erschien auf der Porch und hob grüßend die Hand. Ich hätte es wissen müssen. Es war Angela.

Ich ging die Stufen hinauf, und wir setzten uns auf Segeltuchstühle. Auf dem Tisch zwischen uns standen ein paar Flaschen, und Angela goß mir irgend etwas in ein Glas. Ich weiß nicht, was es war.

»Angela«, sagte ich, ohne den Versuch, originell zu sein, »du bist also nicht nach Waterlooville gegangen?«

Angela schüttelte den Kopf, und dabei fiel ihr das Haar über das Gesicht. Sie wirkte zufrieden und selbstsicher. Ihre Augen blickten offen, und sie musterte mich mit unverhohlener Bewunderung, etwas, das mir sofort auffiel, weil mich keine Frau und übrigens auch kein Mann vor dem heutigen Tag je so angesehen hatten.

»Nein«, antwortete sie, »das hatte ich nie vor.«

Ich nickte. Jetzt begriff ich alles. Der alte Del hätte sich verraten gefühlt, im Rückblick sogar Angst gehabt. Dem neuen war es gleichgültig. Angela probierte ein Lächeln an mir aus, sah, daß es funktionierte, und griff nach meiner Hand.

»Du hast mich verladen«, sagte ich. »Das Taxi war die Idee des Reverends.«

»Ja«, sagte Angela, »so war es. Wir mußten die Wahrheit kennen und glaubten sie zu kennen . . . aber am Ende hast du uns alle hereingelegt . . . Du warst brillant.«

»Ja, es war nicht leicht. Du warst also die ganze Zeit in der Kirche? Hast sie nie verlassen?«

»Die ganze Zeit, seit dem Tag, an dem ich aus Iowa kam und ganz unten aufprallte.«

Ich sah die Spuren in ihrem Gesicht, Spuren der Schläge, die sie bekommen hatte. »Und das?«

»Oh, die Mexikaner haben mich schon verprügelt. Sie wußten, daß ich in der Kirche bin. Ich habe geredet, ihnen gesagt, was ich glaubte . . . daß du der Mann warst, den sie wollten.«

»Wie kannst du so sicher sein . . . wegen des Reverends, meine ich?«

Angela drückte meine Hand. »Ich brauche nur die Arbeit anzusehen, die er getan hat. Er hat so viele Menschen gerettet.«

»Und was ist mit denen, die es nicht schaffen, denen, die sterben, wie Ermal und die anderen, und jenen, die an den Folgen ihrer Rauschgiftsucht sterben?«

»Gott entscheidet, Del. Sie sind jetzt bei ihm, oder sie sind es nicht. Wir haben keine Wahl, wir müssen kämpfen, und Soldaten sterben. Aber sieh doch all das Gute, das aus der Arbeit des Reverends erwachsen ist. Ich weiß das, Del. Ich war ganz unten. Ich hätte meine Mutter für einen Schuß Heroin umgebracht. Der Reverend war es, der mich gerettet hat.«

»Gibt es irgend etwas, das dich daran hindert, hier wegzugehen?«

Angela lachte. »Ich will nicht weg. Weshalb denn? Ich bin nie zuvor glücklicher gewesen. Sicher, ich dachte, ich würde ein Filmstar werden, als ich hierherkam. Das tun sie alle, und die meisten enden auf dem Müllhaufen – vergeuden ihr Leben, ertränken ihre Hoffnung im Alkohol, wenn sie Glück haben, und in Drogen, wenn sie keines haben. Diese Arbeit ist echt, Del. Sie bedeutet etwas. Wir tun hier Gutes. Komm zu uns, Del. Komm zu uns, dann siehst du es selbst.«

»Ich fliege morgen nach Hause«, sagte ich. »Obwohl der Reverend gesagt hat, ich könnte jederzeit hierher zurückkommen . . . und er glaubt auch, daß ich das tun werde.«

»Er hat mich gerade angerufen und gesagt, du würdest zu mir

kommen. Er ist von dem, was du getan hast, so beeindruckt, Del. Dieses Geld bedeutet ein neues Dorf, und er möchte, daß du zu uns kommst. Oh, Del, komm bald zurück. Ich weiß, daß ihn das freuen würde . . . und mich würde es auch freuen.«

Jetzt stand Angela auf, ergriff meine beiden Hände und zog mich in die Höhe. Die weiten Ärmel ihres Gewandes fielen zurück, und die Kühle ihrer freigelegten Arme umschloß meinen Hals. »Ich will dich«, sagte sie und küßte mich auf den Mund, wie ich noch nie zuvor geküßt worden bin. Dann lächelte sie mir zu, mit einem Lächeln, das so frisch war, als wäre es das erste, das sie je gezeigt hatte.

»Du mußt zurückkommen«, sagte sie. Und dann nahm sie meine Hand und zog mich ins Haus, und wir gingen quer durch das Wohnzimmer und, immer noch Hand in Hand, ins Schlafzimmer.

Zwei Stunden später verließ ich das Haus. Ich war benommen, und es fiel mir schwer, zwei Gedanken aneinanderzureihen. Es war, als hätte man mich plötzlich aus tiefer Dämmerung ins Tageslicht gestoßen. Ich blinzelte immer noch und konnte mich nicht einmal daran erinnern, was oben und was unten war.

Angela kam mit mir nach draußen und gab mir einen letzten Abschiedskuß.

»Ich werde hier warten«, flüsterte sie, so wie es sich für die letzte Einstellung gehört. Ich drehte mich um und ging den Weg hinunter, ohne mich noch einmal umzudrehen.

Mein Fahrer stieg aus der Limousine, und als ich das Buch in seiner Hand sah, entschuldigte ich mich, daß ich ihn hatte warten lassen.

»Das ist mir eine Ehre, Sir«, sagte er. »Außerdem muß ich studieren«, damit stieg ich in den Wagen, und er schloß die Tür hinter mir.

Ich winkte Angela noch einmal zu, als wir uns in Bewegung setzten, und lehnte mich dann in den breiten Sitz zurück. Ich sah zum Fenster hinaus. Die Straßen und Häuser streckten sich weit nach beiden Seiten, und jetzt waren mehr Leute zu sehen als vorher, und sie standen vor ihren Häusern. Plötzlich begriff ich: Sie warteten auf mich.

Als der Wagen an ihnen vorbeirollte, winkten sie und klatschten in die Hände, und ihre Kinder hüpften auf und ab. Im nächsten Augenblick waren wir in eine breitere Straße gebogen, die von hohen Sykomoren gesäumt war. Hier gab es noch mehr Leute, reihenweise standen sie am Straßenrand. Das Fenster vor meinem Gesicht sank lautlos herab, und ich hörte den Wind vorbeirauschen und den Klang von Stimmen und Klatschen.

»Was geht hier vor?« fragte ich.

»Sie wollen Ihnen danken für das, was Sie getan haben, Sir«, antwortete der Fahrer. »Der Reverend hat keine Geheimnisse vor uns, und deshalb hat es sich herumgesprochen.«

Zum zweitenmal an diesem Tag rannen mir Tränen aus den Augen. Dies war die letzte große Szene des Reverends – und sie spielte sich für mich ab. Beinahe konnte ich in hundert Fuß hohen Lettern an der nächsten Hügelkuppe ENDE geschrieben sehen. Fast konnte ich die Musik hören, konnte hören, wie das Studioorchester sich das Herz aus dem Leibe spielte. Das letzte Quentchen Gefühl wurde aus dem Film herausgequetscht, mit jener unbarmherzigen Kraft, die nur Hollywood besitzt. Im ganzen Saal würde es kein trockenes Auge geben – trockene Augen waren nicht erlaubt.

Ich bin ganz sicher, wäre ich jetzt ein gebürtiger Amerikaner gewesen, nicht nur einer, den nur sein Kino adoptiert hatte, dann hätte ich jetzt dem Fahrer befohlen, kehrtzumachen. So tat ich nichts. Obwohl ich das Gefühl hatte, daß sich mein Charakter in gewissem Maße verändert hatte, war ich immer noch nicht bereit für ein positives Denken, dem unmittelbar definitive Aktion folgte.

Und noch etwas hielt mich ab. Ich konnte nicht vergessen, daß hinter jedem großen »Heuler«, der Millionen verdiente, ein hartgesottener Produzent saß, der das Geld zählte. So ließ

ich den Wagen weiterfahren, zwischen den applaudieren-
den Menschen hindurch, die nur meinetwegen gekommen
waren, hinaus aus dem grasbedeckten Tal, durch die Tore
und zurück, auf Los Angeles zu. Und die Ereignisse jener
letzten paar Tage flossen zu mir zurück, und alles, was ich
tun konnte, war, mich zurücklehnen und die Tränen unge-
hindert über meine Wangen laufen lassen. Ich war auch
bloß ein Tölpel in einem ganzen Saal von Tölpeln, die gutes
Geld für ihren Platz bezahlt hatten, um einmal richtig weinen zu können, ganz alleine, im Dunkeln.

19

Zum Treetops zurückzukehren war, als hätte ich fremdes
Land betreten, und jenes letzte Abendessen mit Nick und
Ernie war, als säße ich mit Fremden zusammen.
Nicht daß es ihre Schuld war. Sie waren in Hochstimmung.
Der Gedanke, Los Angeles zu verlassen, munterte sie auf,
und mein nachdenkliches Schweigen hatte keine Wirkung
auf sie. Sie hatten ihre letzten Einstellungen hinter sich gebracht, Ronnie in ein Flugzeug gesetzt und einen vergnüg-
ten Nachmittag mit Souvenireinkäufen verbracht.
»Du wolltest, daß ich ein paar Sachen für deine Kinder
kaufe«, sagte Nick. »Ich hab 'ne ganze Menge.«
Der Rest des Abends verstrich langsam. Wir nahmen ein
paar Drinks in der Bar und gingen dann auf unsere Zimmer, um zu packen.
Beim Frühstück erzählte ich ihnen von der Limousine und
den Begleitern, die uns zum Flughafen bringen würden, für
den Fall, daß die Mexikaner sich einen anderen Abschied
für uns ausgedacht hatten. Wir konnten die Männer und
die Wagen durch die großen Fenster sehen; sie warteten an
derselben Stelle, wo die Gewerkschaftsmänner gewartet
hatten.

»Ich bin beeindruckt«, sagte Ernie. »Was hast du dafür tun müssen – ihnen eine neue Hymne schreiben?«

Als für uns die Zeit zur Abreise kam, brachten die Träger unser Gepäck zum Empfang, und die Leute des Reverends verstauten alles in den drei Wagen. Dann winkten wir den Mädchen am Empfang und den Kellnern abschiednehmend zu und verließen das Treetops für immer, ein kleiner Konvoi von drei großen Limousinen, mit der längsten in der Mitte.

»Das ist grandios«, sagte Nick. »Es ist, als wäre man ein Megastar.« Ich bemerkte, wie müde er aussah. »Ich war die ganze Nacht auf«, erklärte er und griff sich an die Stirn. »Wasserbett. Wenn ich nach New Orleans komme, werde ich einen Tag aussetzen müssen.«

Am Flughafen kümmerten sich die Männer um unsere Tikkets und das Gepäck. Alle lächelten, als sie sahen, wer für uns sorgte. Nick kam ans Gate, um sich zu verabschieden; sein Flug ging eine Stunde nach unserem.

»Auf Wiedersehn in London«, sagte er, wir gingen, und damit war alles erledigt. Ich hatte Los Angeles hinter mir gelassen.

Als die Leuchtschrift aufflammte, löste Ernie seinen Sitzgurt. »Bin ich froh, hier oben zu sein«, sagte er. »Wie wär's mit zwei großen Gin mit Tonic?«

»Ich hab gestern diesen religiösen Typen besucht«, sagte ich. »Er hat dieses Dorf draußen in den Hügeln, riesengroß ist das. Er hat mir einen Job angeboten. Er sagte, ich könnte dort draußen leben, Geld würde keine Rolle spielen.«

Ernie zog hörbar die Luft ein, es klang mißbilligend.

»Was für einen Job?«

»Verwaltung, nehme ich an.«

Ernie sah zum Fenster hinaus und ließ den Blick über Arizona schweifen. »Das liegt bei dir. Das ist ein hartes Land, dieses Amerika.«

»Wir sind jetzt alle Amerikaner, Ernie.«

»Ich nicht«, grunzte Ernie und schloß die Augen.

Ich verstummte. Vielleicht war ich nicht für Los Angeles gemacht. Aber dann war ich auch nicht sicher, ob ich das wollte, zu dem ich jetzt zurückflog: Ausbildungsfilme für Versicherungsgesellschaften drehen oder zu versuchen, eine tote Ehe in einem Reihenhaus in Mortlake zu überleben. Damit verglichen, schien die Welt der sonnigen Strände, der überlangen Limousinen und Angela, die aus ihrem Umhang trat, recht gut.

Ich ließ Ernie einschlafen und bestellte mir einen weiteren Gin. Eigentlich wollte ich gar nicht mehr nachdenken, aber ich konnte es nicht verhindern. Ich fluchte. Warum hatte ich das Geld abgelehnt, das Rapps zugestanden hatte? Genug, um mich für den Rest meines Lebens unabhängig zu machen, hatte der Reverend gesagt. Das einzige Mal, daß ich je nach moralischen Prinzipien gehandelt hatte, und das ausgerechnet zu einem Zeitpunkt, wo ein Vermögen auf dem Spiel gestanden hatte.

Und ich war mehr als sicher, daß es eine Entscheidung war, die ich aus den falschen Gründen getroffen hatte. Das war wieder die alte Feigheit in mir gewesen. Ich hatte Angst vor dem gehabt, was so viel Geld in mir bewirken würde, Angst, daß ich, wenn ich plötzlich so viel Geld besaß, keinen Vorwand mehr haben würde, die Dinge nicht zu tun, von denen ich immer gesagt hatte, ich würde sie tun, wenn ich nur das Geld dafür hätte. Geld würde die Mauer der Routine zum Einsturz bringen, in der ich lebte, und Licht und frische Luft hereinlassen – zwei Dinge, an die ich nicht gewöhnt war.

Ich stieg in meiner Sackgasse aus dem Taxi, bezahlte den Mann und sah ihm nach, wie er im Rückwärtsgang zur Hauptstraße zurückfuhr. Hier sah alles so klein aus, die Häuser, wirklich alles. Ein Zug fuhr vorbei, und der Boden zitterte ein wenig. Es war kalt für einen Julimorgen, und das Licht der Sonne war fahl, verschwand immer wieder, wenn Wolken vorbeizogen.

Das Haus war leer, als ich eintrat. Auf dem Küchentisch standen Brot und Butter, und auf den Stufen lagen Spielsachen. Ich ging ins Schlafzimmer, legte den Koffer auf das ungemachte Bett und holte die Sachen heraus, die ich für die Kinder gekauft hatte.

Ich begann langsam auszupacken, stopfte die Schmutzwäsche in den Weidenkorb in der Ecke. Die sauberen Sachen verstaute ich im Schrank.

Ich hörte den Schlüssel in der Eingangstür und rief, und die Kinder kamen die Treppe heraufgerannt. Ich gab ihnen ihre Spielsachen, und sie rannten wieder hinunter. Dann riefen sie ihre Mutter, und ich konnte hören, wie sie sich mit den Einkäufen abmühte. Sie tauchte endlich auf und lehnte sich an den Türstock.

»Hallo«, grüßte sie. »Wie geht's?«

»Ich bin müde«, sagte ich, »Jet-lag. Ich werd mich hinlegen, sobald ich ausgepackt habe.«

»Wie war's denn?«

»Wirklich interessant.«

»Ich sehe, daß du es geschafft hast, deine schmutzige Wäsche mitzubringen. Gibt es in diesen Fünf-Sterne-Hotels keine Wäscherei?«

Ich gab keine Antwort. Ich hatte den Koffer erst halb geleert und konnte die kleine Klappe sehen, und doch wußte ich sicher, daß ich sie auf dem Schreibtisch des Reverends hatte liegenlassen. Ich hatte zugesehen, wie einer seiner Helfer sie mit der Tasche wegnahm. Ich hob sie auf und sah sie mir genau an. Das Brett war wieder festgeschraubt. Ich schüttelte sie. Kein Ton.

»Irgendwelche Anrufe?« fragte ich, nur um etwas zu sagen. »Irgendwelche Arbeit?«

»Ich hab dir doch gesagt, diese Mexikaner wollten dich sprechen. Sie sagten, das Mädchen bei Matrix hätte ihnen deinen Namen gegeben. Sie wollen ein sogenanntes großes Feature in Brasilien drehen. Sie sagten, sie wollten dazu eine ganz besondere Crew zusammenstellen. Die Leute müßten gut miteinander auskommen, denn die Dreharbeiten dauern drei

Monate unter schwierigen Bedingungen. Schwierige Arbeit auch.«

»Und was war dann? Wann soll das sein? Brasilien.«

»Tu doch nicht so, Del. Das klang gar nicht nach dir . . . und das hab ich ihnen auch gesagt. Drei Monate im Dschungel, ein großes Feature. Du hast immer selbst gesagt . . .«

»Ja, ich weiß. Trotzdem hättest du mich anrufen können.«

»Ich werd doch nicht in Kalifornien anrufen, wenn ich schon weiß, daß du es ablehnen wirst. Wäre doch reine Geldverschwendung gewesen.«

»Okay. Ob's wohl 'ne Tasse Kaffee gibt?«

Sie verließ das Zimmer, ich nahm einen Schraubenzieher und löste die zwei Schrauben. Das Brett löste sich, und ich konnte eine Menge Watte sehen. Ich zog sie heraus und warf sie in den Abfallkorb. Dann kippte ich die Klappe, und zwölf große Diamanten rollten in meine linke Hand. Zwölf. Ich versteh ja nicht viel von diesen Dingen, aber ich schätze, sie müssen mindestens zweihunderttausend Pfund wert gewesen sein.

Ich trat ans Fenster und blickte auf die Straße hinab. Sie war schmal, wirklich schmal. Ein Expreßzug fuhr vorüber, und der kalte Regen besprenkelte den grauen Asphalt. So viel Geld – Schluß mit der Hypothek, und Schluß mit der Arbeit.

Der Reverend hatte mich besser gekannt, als ich mich selbst gekannt hatte. Quer über einen Kontinent und quer über dreitausend Meilen Ozean hatte sich seine Hand gestreckt und mir ans Herz gegriffen. »Was der Reverend sagt, wird Wahrheit; er hat die Macht, seine Träume zu verwirklichen.« Das hatte Angela gesagt.

Ich schloß die Hand über den Diamanten. Diesmal konnte ich sie nicht ablehnen. Ich war frei. Ich hielt ein Vermögen in meiner Hand, und es konnte mich tapfer und mutig machen. Ich konnte wachsen. Ich konnte das tun, was mir Spaß machte, insgeheim oder ganz laut.

Sie kam ins Zimmer zurück. »Du ärgerst dich über diesen Job, nicht wahr?« Sie stellte die Kaffeetasse auf die Kommode.

»Nein«, sagte ich. »Nicht jetzt. Man hat mir etwas anderes angeboten, etwas Besseres. Einen größeren Job, eine Menge Geld, in Los Angeles, auf Dauer.«

»Ich möchte nicht in Amerika leben«, sagte sie. »All meine Freundinnen sind hier, und mein Vater ist jetzt ganz alleine. Die Kinder kommen in der Schule gut voran.«

Ich spürte die Diamanten in meiner Hand. So viel Licht und Freiheit in einer Hand. Ich verstand jetzt, warum Leute dafür mordeten. »Es ist ein guter Job«, sagte ich. »Ich glaube, es würde dir gefallen, wenn du einmal dort wärst. Den Versuch ist es wert. Den Kindern würde es Spaß machen. Große, lange Strände, Sonne das ganze Jahr.«

»Nun, du kannst ihn ja annehmen, wenn du Lust hast. Ich möchte nicht mit.«

Dann herrschte Schweigen, und ich schob die Diamanten in die Tasche. Ich würde sie morgen schätzen lassen.

»Dann wirst du den Job also annehmen?«

»Das ist eine Chance«, sagte ich, »zu gut, um sie zu verpassen, wirklich. Ich muß sagen, die Versuchung ist groß, sehr groß. Niemand hier würde mir einen solchen Job anbieten.« Das klang nicht nach mir, aber ich sagte es trotzdem. Ich zögerte. »Aber ich habe mich noch nicht entschlossen. Ich muß darüber nachdenken.« Damit klappte ich den Koffer zu und legte ihn auf den Schrank, dort, wo ich ihn immer hinlegte.

Stanley Ellin

Stanley Ellin, geboren 1916 in New York, arbeitete nach dem
Studium in verschiedenen Berufen. Nach dem Zweiten Welt-
krieg wurde er freier Schriftsteller.
Die Romane und Erzählungen des »Meisters des sanften
Schreckens« haben ihm internationalen Ruhm eingetragen.
Siebenmal wurde er mit dem Edgar-Allan-Poe-Preis ausge-
zeichnet, und 1975 erhielt er den »Grand Prix de la Littérature
Policière«. Seine Werke wurden von Regisseuren wie Claude
Chabrol, Joseph Losey und Alfred Hitchcock verfilmt.
Ellin hat sich vor allem mit seinen makaber-bösen Stories einen
Namen gemacht, z. B. mit *Die Segensreich-Methode* oder *Die
Spezialität des Hauses*. Er schuf damit ein völlig neues, psycho-
logisch äußerst subtiles Genre des Kriminalromans.
Ellin starb am 31. Juli 1986 in New York.

Von Stanley Ellin sind erschienen:

Der Acht-Stunden-Mann
Im Kreis der Hölle
Die Millionen des Mr. Valentin
Nagelprobe mit einem Toten
Die schöne Dame von nebenan
Spezialitäten des Hauses
Die Tricks der alten Dame
Der Zweck heiligt die Mittel